徳 間 文 庫

南アルプス山岳救助隊K-9

異《い》形《ぎょう》の山

樋口明雄

徳 間 書 店

目次

主な登場人物

山梨県警南アルプス署地域課山岳救助隊

星野夏実　山岳救助隊員、ボーダー・コリー、メイのハンドラー。巡査部長
神崎静奈　山岳救助隊員、ジャーマン・シェパード、バロンのハンドラー。巡査部長
進藤諒大　山岳救助隊員、川上犬、リキのハンドラー。チームリーダー。巡査部長
深町敬仁　山岳救助隊員、巡査部長
関真輝雄　山岳救助隊員、巡査長
横森一平　山岳救助隊員、巡査
曾我野誠　山岳救助隊員、巡査
杉坂知幸　山岳救助隊副隊長。巡査部長
江草恭男　山岳救助隊隊長。警部補

松戸颯一郎　白根御池小屋管理人
小林和洋　肩の小屋管理人
滝沢謙一　広河原山荘管理人

川辺三郎　ハンター
小尾達明　同
安西廉　東都大学の学生
大葉範久　同
芝山宏太　安西たちの友人、ＹｏｕＴｕｂｅｒ
ジェーン・チャオ　霊長類学者

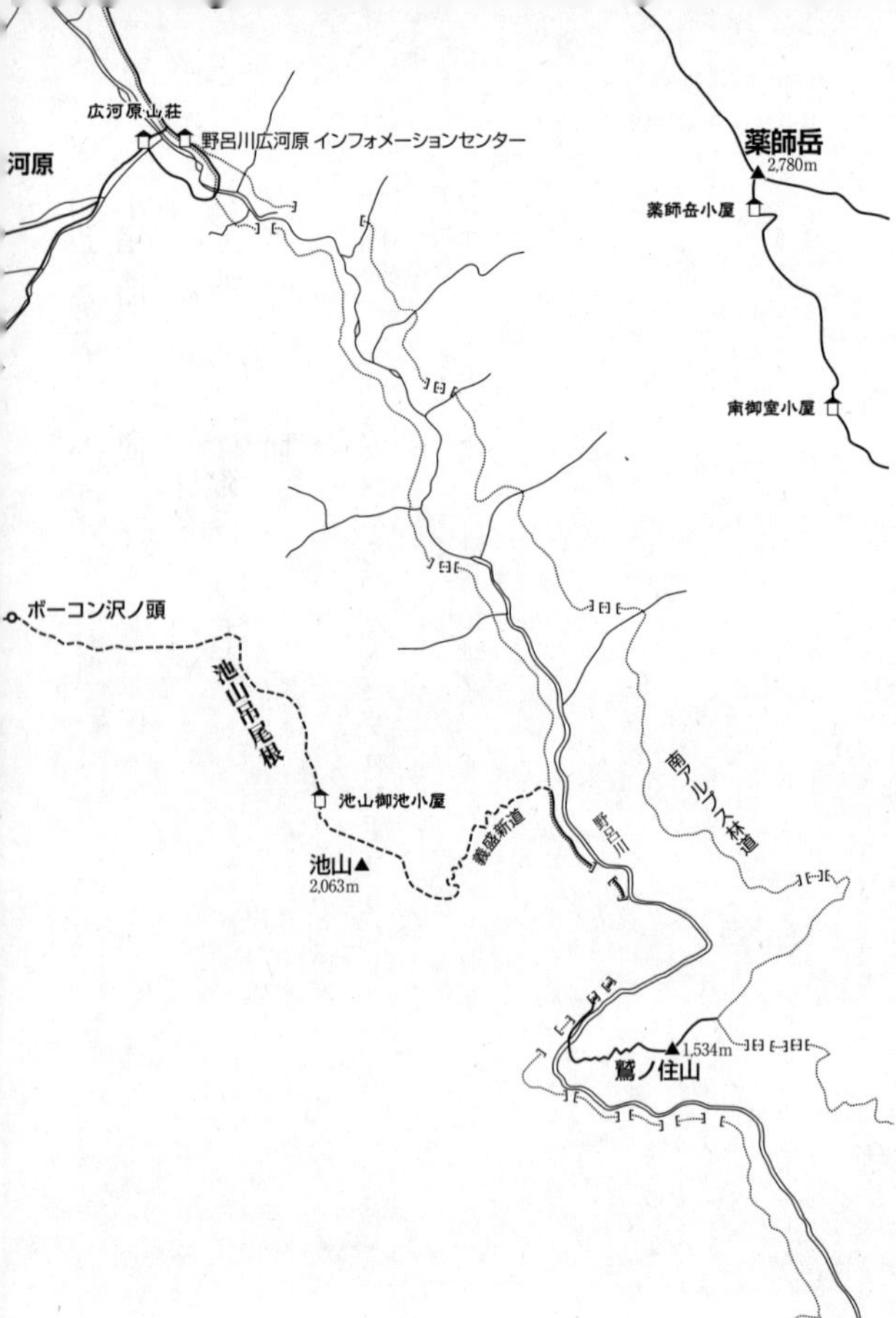
広河原山荘
野呂川広河原 インフォメーションセンター
河原
薬師岳
2,780m
薬師岳小屋
南御室小屋
ボーコン沢ノ頭
池山吊尾根
池山御池小屋
池山
2,063m
義盛新道
野呂川
南アルプス林道
1,534m
鷲ノ住山

小太郎山
2,725m
小太郎尾根
2,230m
白根御池小
小太郎
尾根分岐
草すべり
北岳肩の小屋
3,000m
バットレス
中白根沢ノ頭
2,841m
両俣小屋
北岳
3,193m
横川岳
2,478m
左俣沢
八本歯ノ
八本歯のコル
北岳山荘
中白峰
3,055m
間ノ岳
3,189m
三峰岳
2,999m
農鳥小屋
西農鳥岳
3,051m
農鳥岳
3,025m

序　章

夜空が光った。

それも、かなり明るい輝きだった。

「おいッ！　あれを見ろ」

相棒の声がしたとき、安西廉《あんざいただし》はすでに気づいて、空を見上げていた。

ちょうどふたりの真上の星空を、赤っぽい色の光が流れている。それは中天を通過し、西に見える北岳頂稜《きただけちょうりょう》の真っ黒なシルエットの向こうに落ちていった。光の残滓《ざんし》のようなものが、しばらく夜空に残っていたが、それもすぐに消えた。

安西はしばし、雪の上に座ってぼうっと夜空を見上げていた。

東都《とうと》大学山岳部のこのふたりは、ザイルパートナーを組んでは各地の山々に登っていたが、今年は大学四年になる。就職活動を目前に控えて、おそらくこれが最後の山行となるだろう。大事なときだからと、リスクを避けるためにいつもの岩壁登攀《とうはん》ではなく、通常の縦走登山を選んだ。

ここは北岳の冬山ルートである池山吊尾根《いけやまつりおね》である。その途中、ボーコン沢ノ頭にテントを張っていた。翌朝の頂上アタックのために早寝をするべく、手早く夕食を作ったばかりだった。

昨日発表された予報によれば、中国大陸にかなり勢力の強い低気圧があって、日本海側に張り出しているとかで、天候が荒れる心配もあった。それどころか今朝から終始穏やかな好天で、まさに冬山登山日和《びより》だった。

「凄《すご》かったな。今のって、流れ星か？」

あっけにとられた表情のまま、安西が訊《き》いた。

「スピードが遅くて、でっかかったから、きっと火球とかいう奴だろう」

少し離れたところから、相棒の大葉範久《おおばのりひさ》が答えた。

「なんかボッて音がしたみたいだが？」

「火球のような大きな流れ星は、衝撃波をともなうこともあるらしいからな」

そういった大葉が隣にやってきて、手にしていたデジカメを見せた。

再生ボタンを押すと、液晶画面の中で赤い光が夜空を流れた。まさに火球――燃えながら落ちていく様子がくっきりと映っている。

「おっ。撮影したのか？」

「星空を撮影しようとしてたら、ちょうどあれが落ちてきたんだ。すぐに動画モードに切り替えて撮ってみた」

大葉が得意げにいった。「これって、テレビ局に送ったらニュースとかで扱ってくれるかな？」

安西は苦笑する。「いまどき、火球の動画なんてざらにあるよ。街頭の防犯ビデオとかドライブレコーダーとかにたまたま映ってたのとかさ」

「やっぱりそうか……」

妙に落ち込む大葉の肩を叩《たた》いて、安西がいった。

「とにかく飯にしようぜ。せっかく作った雑炊が冷めちまう」

「そうだな」

ふたりはテント近くの雪の上に座り、胡座《あぐら》を掻《か》いた。

鍋いっぱいに作った雑炊をふたりはコッヘルにすくい、それを食べ始めた。

安西はふと気になって、さっきの火球が落ちていったほうを見た。

北岳の黒い山影が星空を背景にくっきりと目立っている。

「しかしさっきの、けっこう凄かったな」

安西はチタン製のスプーンでカリカリ音を立てながら、コッヘルの雑炊を口に入れた。

「そうだな。凄かった」

大葉もカリカリとやりながら、雑炊を食べ続けた。

「俺たち、ここにいたから見られたんだよな」

傍《かたわ》らに置いたマグカップのウイスキーをちびりと飲み、安西がいう。

大葉がニヤッと笑った。

——北岳、最高！

ふたりして声をそろえ、両手を合わせてハイタッチをした。

第一章

1

山手《やまのて》線恵比寿《えびす》駅に近いテナントビル一階に、〈アルフォンソ〉という店の看板をようやく見つけたとき、星野夏実《ほしのなつみ》はホッとして笑みを浮かべた。

山では絶対にそんなことがないのに、どうしてたまに都会に来ると、きまって方向音痴になってしまうのだろうか。

メールで送ってもらった店の地図をプリントアウトした紙を、まだ片手に持っていた。

それを四つ折りに戻してハンドバッグに入れ、店の入口から中に入る。

〈アルフォンソ〉はイタリア料理店だった。今日は土曜日。午後六時半を過ぎて、店はかなり混んでいた。広いフロアの一角にある長テーブルに、すでに顔なじみのメンバーが集まっている。

夏実がかつて通っていた短大の同窓生たち六人が、いっせいに顔を向けてきた。全員が同じゼミのメンバーだった。

「遅いよ、夏実！」

立ち上がって声をかけてきたのは千春《ちはる》。

彼女は在学中はいちばんの仲良しで、今回の同窓会の幹事をしていた。

「ごめんなさい。ちょっと道に迷っちゃって」

照れ笑いする夏実に、千春は肩を持ち上げて眉根《まゆね》を寄せた。

「もう、毎回こうなんだから」

すると千春の隣の席にいた沙織《さおり》が驚いた顔でいった。

「あなた、上着は？」

「え」

立ち尽くす夏実を、全員が凝視《ぎょうし》する。

「もしかして、こんな真冬に半袖で？」と、千春。

いわれて夏実はようやく気づいた。

自分の衣装は、黒の半袖シャツにスリムのジーンズ。いくら都会とはいえ、たしかに二月のファッションではない。

「寒く……ないの？」沙織が心配げにいう。

「あー。ぜんぜん。これでも暑いぐらいってか、ちょっと走ったら汗かいたし」

なにしろマイナス何十度にもなる冬山で吹雪《ふぶき》にさらされたり、何日もいたりするものだから、体がすっかり寒さに馴《な》れてしまっていたのである。それが日常なものだから、自分でまったく意識していなかったのだった。

「とにかく座って。乾杯しよう！」

沙織にいわれ、空いている椅子に着席した。千春がピッチャーからグラスに生ビールを注いでくれる。夏実はそれを受け取って、みんなと乾杯した。

パスタやピザ、ラザニアなどの料理がそれぞれの前、いくつかの大皿やボウルに盛り付けてあった。それを小皿に取りながら食べ始める。

「ところで夏実って、警察の表彰を受けたんだってね！」

他の女性にいわれて、彼女は頷《うなず》いた。

去年の秋だった。

北岳で起こった大量殺人未遂事件の被疑者を単独で追い詰めて逮捕し、事件解決に導いた功労が認められ、夏実は救助犬メイとともに山梨《やまなし》県警本部から本部長賞を授かった。同時に発生していた少年殺害未遂事件を解決した神崎静奈《かんざきせいな》も、南アルプス署の署長賞を授与されている。

それをきっかけに上司である沢井《さわい》地域課長からの推薦《すいせん》を受け、ふたりは昇任試験に挑み、ともに合格、巡査部長任用科を修了したのだった。

その話をすると、全員が笑顔で拍手を送ってくれた。

「凄いね。星野夏実巡査部長！」

沙織が敬礼の真似をしながらいったので、夏実は思わず顔を赤らめ、俯《うつむ》いてしまう。

「この調子で出世したら、署長まで行けるんじゃない？」

千春にいわれ、思わず首を横に振る。

「あー。ノンキャリアだから、さすがにそこまでは無理。それに、今のままで充分満足してるし」

「相変わらず欲がないのねえ」

沙織にいわれて、思わず夏実は笑った。

「でもねえ、あなたがおまわりさんになるなんて思ってもみなかった」

千春がいうので、夏実はまた照れ笑いをする。

「もともと犬が好きだったから、本当は犬の訓練士になりたかったの。で、どうせなら警察犬のハンドラーになろうと思ってね。それで警察官の募集に応募したの」

サラダをフォークで食べながら、夏実はそういった。

そのとき、傍らに置いたハンドバッグの中でスマートフォンの着信音が鳴り始めた。

「あ。ごめん」

夏実はバッグからスマホを取り出す。

液晶画面に表示されているのは、〈曾我野誠《そがのまこと》〉という名前だ。指先でタップしながら、大急ぎで店の外に出た。

「曾我野くん、どうしたの？」

——星野先輩。休暇中のところ、すみません。ハコ長が急病で救急搬送《はんそう》です。

「え！」

思わずスマホを落としそうになる。

「何があったの？」

――署で事務仕事をされているとき、急に椅子ごと倒れたんです。脳卒中ってすぐにわかったから、一一九番通報で救急車に来てもらいました。今、市内の白根《しらね》総合病院です。もうしわけないけど、帰ってこられますか？

「わかった。すぐ戻る」

通話を切って店に駆け込んだ。

驚いて見上げてくる千春たちに、こういった。

「ごめん。上司が急病で倒れたの。急いで帰らなきゃ」

椅子の上に置いていたハンドバッグをつかんだ。

「だって夏実。まだろくに食べてないじゃないの？」と、沙織。

「仕方ないよ。また、今度ね！」

みんなに手を振ってから、夏実は走り出す。

2

新宿《しんじゅく》駅を午後七時半に出る特急〈かいじ〉にギリギリで間に合った。

車内のシートに身を預け、夏実は不安に駆《か》られながら、窓外の闇を見つめていた。

ハコ長――地域課長代理にして山岳救助隊の隊長、江草恭男《えぐさやすお》警部補。その優しげな髭面《ひげづら》を思い出すと、ふと涙がこぼれそうになる。それを抑えながら、心中の不安をなんとか消そうと試みた。

何を悲しんでいるの。脳卒中といっても、初期だから大丈夫。きっと元気になって職場に復帰できるはず。北岳で脳卒中で倒れた要救助者を二名、知っていた。どちらもヘリで甲府市内の病院に運ばれ、ともに命を取り留めている。

九時過ぎに甲府駅のプラットホームに列車が滑り込む。夏実は到着の十五分も前からデッキに立っていて、自動ドアが開くなり、外に飛び出す。

駅の改札を抜けてタクシー乗り場に向かった。

「江草さんは今、よく眠っておられます」

メタルフレームの眼鏡《めがね》をかけた四十代の男性担当医が、面談室の椅子に座って説明する。

「発症後、およそ二十分で当院に運ばれましたので、さいわい超急性期、すなわちきわめて早期の発見でよかったです。頭部CTや頸動脈《けいどうみゃく》エコーを施行した結果、比較的軽度の虚血性脳卒中すなわち脳梗塞《のうこうそく》であると判明しました。ラクナ梗塞と呼ばれる細い血管が詰まる病型です」

医師の向かいに座っているのは杉坂知幸《すぎさかともゆき》副隊長、神崎静奈、そして夏実である。なにしろ面談室が狭いため、他の隊員たちは外の通路で待機となっていた。

「現在、江草さんは血栓回収療法という血管内手術を終え、今はアルテプラーゼ静注療法という治療に入られています。これはrt-PAと略されるんですが、今、もっとも有効とされる強力な血栓溶解薬です。ただし経過観察次第では、あらためてカテーテルを使う血管内治療を施します。リハビリには時間がかかるでしょうが、いずれにしても早期発見、早期治療のおかげで後遺症が残るようなこともほぼないと思われます」

それを聞いて、夏実はホッとした。ふと、隣に立つ静奈の手を握っているのに気づき、そっと離した。静奈はちらと夏実を見て、かすかに微笑《ほほえ》んでくれた。

「ところで江草さんのご家族は――?」

担当医に訊かれたので、夏実はどう返答しようかと考えた。

「もうずいぶんと前に奥様を亡くされ、お子さんもいらっしゃらないので、江草隊長はずっとおひとりなんです」

そういったのは杉坂副隊長だった。

「では――」

担当医は眼鏡の奥の目を細めて笑った。「みなさんが〝ご家族〟というわけですね」

「はい!」

夏実は思わず大きな声でいってしまう。

病状説明が終わって面談室を出たとたん、外で待機していた他の隊員たちがどっと詰め寄ってきた。

深町敬仁《ふかまちたかひろ》、進藤諒大《しんどうりょうた》、関真輝雄《せきまきお》、横森一平《よこもりいっぺい》、曾我野誠――。

全員が警察官の制服姿。私服は夏実ひとりである。

「ハコ長は？」と、進藤がいった。

「大丈夫だ。比較的軽度の脳梗塞だそうで、おそらく後遺症もないだろうということだ。復職まで早くて半年、もしかすると一年とか、もっとかかるかもしれないが、タフなハコ長のことだ。きっとまた元気になって警備派出所に戻ってくるよ」

杉坂副隊長の説明に、一同がホッとした様子になる。

「どうした、横森」

杉坂副隊長の声で、夏実は気づいた。

元機動隊員だった大柄な横森が、立ち尽くしたまま、洟《はな》をすすり、大きな口をへの字にし、肩を震わせて大泣きに泣いている。それを見て、夏実はもらい泣きしそうになる。

「莫迦《ばか》だなあ、お前」

曾我野に肘《ひじ》で脇腹を小突かれたが、横森は泣き続けている。

3

「松戸《まつど》さん。速すぎです！」

背後から声がして、松戸颯一郎《そういちろう》は深い雪の中で足を止めた。

大木太郎《おおきたろう》の姿が急坂のずいぶん下に見える。いつの間にか距離を空けてしまっていたようだ。

松戸は立ち止まったまま、大木が追いついてくるのを待った。

大木は身長が一八五センチあって体格もいい。白根御池《しらねおいけ》小屋の古参スタッフのひとりだった。もちろん健脚なのだが、何しろ彼がいうように松戸の足が速すぎるのである。

積雪量はあったが、前回、ここに来たときに松戸自身がラッセル（雪をかいて道を作ること）した痕《あと》があって、そのルートをたどれば容易に歩ける。だものだから、調子に乗ってどんどん足早に登っていた。

ようやく大木が追いついてきた。顔が汗まみれで、上半身から湯気が立っている。

「悪かったなあ、ついつい気がせいてな」

松戸が笑い、彼の肩をそっと叩いた。

急登が終わってトラバースルートとなり、雪で真っ白な樹林帯を抜けると、ふいに視界が開けた。

冬仕舞いしていた白根御池小屋は、半ば雪に埋もれたかたちでそこにあった。屋根や庇《ひさし》から落ちた雪が周囲にうずたかく積もっている。

小屋開けは六月なので、まだ四カ月も先だが、大木とふたり、小屋の様子見のために登ってきたのである。

正面玄関から入るのは無理なので、側面に回り込み、鉄製の階段を上った。

大木がフウフウいいながらついてくる。

二階のドアはふだんからロックされていない。冬季避難小屋として登山者が自由に使えるように、小屋内部が扉で仕切られ、限られた部屋だけが開放してあるのだ。

松戸たちは登山靴を脱ぐと、ドアを開け、中に入った。雨戸が閉めてあるので中は真っ暗だ。ヘッドランプを照らしながら、さらに仕切り扉を合鍵で開けて、小屋の通路に入る。

ひんやりとした空気に、ふたりの呼気が白く洩《も》れている。

階段を下って一階フロアにたどり着いた。そのとたん、松戸は異変を感じた。

空気が動いている。

冬場は完全に密閉しているはずの山小屋である。

「どこかから風が入ってくる……」

大木もそれを感じたらしく、神妙な顔で頷いた。

玄関に向かって左側――食堂のほうからだ。ふたりは急ぎ足でそっちに向かう。

広い食堂のフロア。椅子やテーブルはきれいに片付けられたままだが、床がひどく濡《ぬ》れているのに気づいた。泥が混じったような汚い水があちこちに落ちている。

――松戸さん、厨房《ちゅうぼう》が！

大木の声に驚き、彼は厨房に駆け込んだ。

縦長の狭い部屋である。そこがメチャメチャに荒らされていた。

大きな長テーブルが横倒しになっていて、その周囲に調味料の瓶や容器が散乱し、箸《はし》や食器類が壊れて散らばっている。それればかりか、サラダオイルや醤油のプラ容器などが細かく引き裂かれて、そこらじゅうに投げ捨てられていた。雪のように床に白く散らばっているのは小麦粉だ。

シンクの向こうに並ぶ窓のひとつが破られていた。

冬仕舞いのためにスチール製の雨戸を閉めてあったにもかかわらず、その雨戸が外から剝《は》ぎ取られ、窓ガラスが派手に砕かれている。

「ここを破って侵入したのか……」

松戸はあっけにとられた顔で、茫然《ぼうぜん》と立ち尽くしていた。

食料庫のドアも破壊されていた。蝶番《ちょうつがい》からもぎ取られているのに驚く。

備蓄食材がかなりの被害を受けていた。缶詰が中身をぶちまけて散乱し、インスタント麵も粉々になって床一面に落ちている。

「小屋荒らしですかね。それにしても、これはひどすぎる……」

大木がつぶやく声が聞こえた。

松戸は破られた窓の前に立った。シンクの流し台に大小のガラス片が散らばっている。ガラス窓も徹底的に破壊されていた。窓枠に少し残ったギザギザの破片に、毛のようなものが引っかかって風に揺らいでいるのに気づいた。

松戸は指でそれを取ってみる。

真っ白な毛玉である。

「何だと思う?」

いいながら大木にそれを見せたが、彼は首を傾《かし》げた。

松戸は恐る恐る鼻先に持っていく。

かすかに獣臭がした。

「何だ、これ……」

つぶやいた松戸は、目の前の割れたガラスの穴から、そっと首を出し、外を見た。

外の通路に雪が大量に吹き込み、うずたかく積もっている。

そこに犯人のものらしい足跡がいくつか残っていた。

「大木くん。これ、見て」

松戸が彼を呼んだ。入れ替わりに大木が窓から首を出す。

「まさか……裸足?」

外通路の雪に残されているのは、いずれも靴痕ではなかった。指が五本、しかも、土踏まずのえぐれまでくっきりと確認できる。のみならず、ひとつひとつがかなり大きい。大人の足のサイズ以上だ。

松戸は蒼白《そうはく》な顔で、右手の指先につまんでいる白い毛玉を凝視した。

4

二月にしてはポカポカ陽気の一日だった。

子供たちがはしゃぐ声がしきりと聞こえている。

南アルプス市内、櫛形《くしがた》総合公園の遊具広場には、滑り台や雲梯《うんてい》、輪くぐりなどの遊具設備がたくさんあって、そのあちこちに小さな子供らが遊ぶ姿がある。周囲の林は冬枯れていたが、そのおかげで遠く南に冠雪した富士山の姿がくっきりと見えていた。

広場の周辺に並ぶベンチには子供たちの母親などが座り、スマホを見たりしている。

そのベンチのひとつに夏実と松戸颯一郎が座っていた。

午前九時を回ったところだった。

「……それで大木くんと夢中で足跡を追いかけたんですけどね。そいつ、草すべりを登っているんであきらめました」

「あそこって雪崩《なだれ》の巣だからね」

　夏実がいうと、松戸がだまって頷く。

「それで、その毛玉っていうのは？」

「ジップロックに入れて持ち帰りました。たまたま高校時代の友人が甲南《こうなん》大学理学部で生物学を教えてるんで連絡してみたら、ぜひ送ってくれっていわれたんで、分析をまかせているところです」

「そう」

　夏実は頷いてからいった。「で、颯ちゃんはどう思うの。その犯人の正体」

「〝雪男〟、だなんて口が裂けてもいえませんよ」

　とたんに夏実が噴き出した。

「しっかりいってるじゃない」

「あ、そうか」

　また松戸が頭を掻いた。

「でもねえ。ヒマラヤならともかく、南アルプスの北岳に〝雪男〟だなんて、いくらなんでもそれはさすがにないんじゃない？」

「ですよねえ」

「きっと小屋荒らしの犯人が、そんな悪戯《いたずら》をしたんじゃないかしら」

「何のために？」

「犯行現場に妙なものを残して捜査を攪乱《かくらん》するためとか」

「捜査もなにも、こちとら被害届も出してないんですから」

「何だ、そうだったの」

「あれから、スタッフ連れて毎日のように小屋に通って、荒らされた厨房の掃除と後片付けですよ。ようやくなんとか元通りになったけど、もうそれどころじゃなかったっすね」

松戸が腕組みをしながらそういった。

「ごめんね、手伝えなくて」

「気持ちだけで充分です。ここんとこ遭難が続いて、夏実さんたちも大変だったみたいですね」

そうだった。吊尾根《つりおね》で二件、仙丈《せんじょう》ヶ岳《たけ》で一件、いずれも登山中に寒さと疲労で動けなくなっての救援要請だった。ここ数日、降雪があってヘリが飛べなかったため、救助隊メンバーで担ぎ下ろしたのである。

さすがにその疲れが今も残っていた。

「ところでハコ長は？」

松戸に訊かれて夏実が笑う。

「経過は順調。毎日、がんばってリハビリを続けてるみたいよ」

「よかったですね。あの人はなんたって救助隊の大黒柱ですから」

「そうね」

「脳梗塞の原因はいろいろあるけど、野菜不足だったんじゃないっすかね。何しろ男のひとり暮らしって、ついつい外食とか店屋物に頼っちゃうから」

「あー、それはあり得るかも。颯ちゃんも気をつけてよ。あなただって男のひとり暮らしじゃないの」

「俺は大丈夫です。料理が趣味ですし」

そういって何かを思い出したように中腰になった。「あ。そういえば、これから食料の買い出しでした。そろそろ失礼します」

「じゃあ、また」

夏実が小さく手を振ると、松戸は張り切った様子で駆け出していく。

その後ろ姿をしばし見送っていると、ズボンのポケットの中でスマートフォンが震えた。

取り出して液晶を見る。神崎静奈だった。

「もしもし、静奈さん？」

——ついさっき、肩《かた》の小屋の和洋《かずひろ》さんから署に連絡が入ったの。様子見に登ってみたら、小屋の厨房がメチャメチャに荒らされてるって。今、進藤さんがリキといっしょに向かったところ。

夏実は声を失った。

通常だと、踏破に十時間以上はかかる池山吊尾根ルート。

一般の登山者は途中の池山御池小屋に宿泊する。その登山道を〈K－9〉チームリーダーの進藤諒大隊員は、五時間と少しでクリアする。

彼の相棒である救助犬リキも、その能力を本格的に発揮するようになった。

リキはもともと山岳犬として有名だった川上犬《かわかみいぬ》という犬種である。体力、敏捷性《びんしょうせい》、あらゆる点で、山を駆けるレスキュードッグにふさわしい。

もっとも危険なのが八本歯といわれる場所で、左右が切れ落ちたギザギザの岩稜帯。冬場はすさまじい風が吹き抜けることがある。しかしこの日は朝からずっと穏やかな晴天で、まったく無風状態だった。

進藤もリキも自分たちのペースを保ち、危険箇所をクリアして、八本歯のコルに降り立つ。そこからまた登り返しとなり、吊尾根分岐を経て、北岳の山頂に到達した。

周囲百八十度の視界が開けていた。

北に甲斐駒《かいこま》ヶ岳《たけ》、すぐ近くに仙丈ヶ岳。南は雲海が広がっていて、その向こうに富士山が三角の頭を突き出している。

午後四時になって、空が少し淡いピンク色に染まっていた。

しかしそんな絶景を楽しむ余裕もなく、進藤とリキは頂稜の反対側を駆け下りてゆく。

間もなく、北岳肩の小屋の屋根が見下ろせる場所に到達した。

雪の表面がかなり硬く締まっていて、ところどころベルグラ――すなわち凍結している場所もあるため、急登の下りは慎重になる。アイゼンの爪がしっかりと刺さるのを意識しながら、ストックを突いて下りてゆく。

リキは前肢の爪を立てながら、進藤のあとに続いていた。

じきに小屋に到着した。南側に雪が吹きだまっていたが、管理人がていねいにスコップで掘って、切り通しのような状態になっている。そこをリキと走った。

正面に回り込んで、進藤は驚いた。

ドアが破られたらしく、近くの雪の上に横たわっていた。小屋入口ではなく、左側にある厨房に直接出入りするドアだ。その中に雪がかなり吹き込んでいるのがわかる。

そのとき、厨房から管理人の小林《こばやし》和洋が出てきた。青いダウンジャケットにニット帽。心なしか青ざめた顔で進藤を見た。

「お疲れ様です。こちらへどうぞ」

いわれるまま、進藤は小屋に入った。

「どんな様子です？」

「それがもう、何もかもがメチャメチャで……」

進藤は厨房に入り、立ち尽くした。

まるで小屋の中を嵐が吹き荒れたような有様だった。

備蓄食材や調味料類などが散乱している。缶詰が開けられ、中身が飛び出していた。

松戸から聞いた白根御池小屋の状況とまったく同じだった。

「食材がすべて凍り付いているから、荒らされたのは何日も前のようですね」

その間、外から入る寒風に吹きっさらしになっていたようだ。

そのとき、進藤は気づいた。

リキがいないのである。

「……リキ？」

外に出てみた。

小屋から少し離れた雪の上にリキがいた。

その様子が変だ。全身の毛を立てて、鼻の上に無数の皺《しわ》を刻んでいる。

のみならず、三角の耳を低く伏せ、豊かな尾を尻の下に落としていた。

「どうした、リキ」

かすかに唸《うな》っている。

そのとき、進藤は気づいた。

緊張して威嚇の様子を見せるリキの前に、奇妙な足跡があった。

五つの指。大きな裸足の足跡が、雪をえぐって点々と続いているのだった。

5

横殴りの風が大粒の雪を飛礫《つぶて》のようにぶつけてくる。

耐風のため、体を斜めにしながら、一歩また一歩と雪を踏みながら歩き続けた。

しかし五分も歩かぬうちに足を止め、両手を膝に当ててハアハアとあえぐ。

相当なバテだった。

疲労凍死という言葉が、先ほどから何度も頭に浮かぶ。

虚《うつ》ろな顔で、西本克也《にしもとかつや》は腕時計を見た。ガチガチに凍っているのをグローブの指先でこそぎ落とす。

時刻は午後三時。

それなのに辺りは真っ暗である。雪雲が厚いために、太陽の光が完全に隠されていた。

何度か息をつき、西本はまた足を運び始めた。

奈良田《ならだ》から入山して三日目だった。

本当はもっと早く北岳に到達する予定が、のんびりと写真撮影をしながら歩いてきたので、思ったよりも時間がかかってしまった。しかも予想外に天候が荒れた。

初日は大門沢《だいもんざわ》の冬季避難小屋で泊まり、それから稜線に到達して、農鳥岳《のうとりだけ》を目指した。

二日目は一気に北岳手前にある北岳山荘まで足をのばし、そこの冬季避難小屋で宿泊予定だったがタイムアウト。農鳥小屋の前でテント泊となった。

翌朝、日の出前に起床した。

テントのジッパーを開いて外を見て、驚いた。

いつの間にか雪だった。

仕方なく防寒装備で固めて歩き出した。

歩き始めのうちはしんしんと降っていたのに、いつしか風が吹き始め、やがて横殴りの雪風となってしまった。

天気予報はそんなことを伝えていなかったはず。しかし、悔やんでも仕方ない。山の天気は変わりやすいなんてことは、登山者の常識である。

なんとか北岳山荘に到達すればいい。

そう思いながら、西本は標高三〇〇〇メートルの尾根筋をひたすら歩き続けた。

ふとまた足が止まった。

疲れのせいではない。目の前の雪原に、足跡らしきものを見つけたのだ。

降りしきる雪のために輪郭ははっきりしないが、足跡と足跡の間が開いているので、かなりの大股《おおまた》で歩いていると思われた。しかしこれだけ降っている中、しっかりと痕が残っているということは、そんなに時間が経過していないはず。

西本の表情が少しほころんでいた。

同じ苛酷《かこく》な吹雪の中に、先行者がいる――それはかすかな希望をもたらせてくれた。

それをたどりながら、また歩き出した。

風は強くなったり、弱まったりした。体に当たる雪もいつしか小粒になっていた。

しかし雲が低く、すさまじい勢いで流れている。

さっきまで天空一面を塗りつぶすように灰色に覆っていたはずだった。天気が回復する予兆か。あるいはもっと悪くなるのか。

雪を踏みしめるたび、ギシギシと音がする。雪面が凍っているためだ。

突然、風が凪《な》いだ。

西本は驚いて、また足を止めた。

真っ白なガスが周囲を流れている。それがふいに途切れた。

左右に目をやってから、ふと背後を見た。

ガスの合間に赤い屋根があった。

「何だ……」

思わずつぶやく。

右斜め後方に山小屋があった。まぎれもなくそれは北岳山荘だった。

「いつの間にか通り過ぎてたのか」

そう独りごちた。足跡を追いかけるのに、つい夢中になっていたらしい。

だとしたら、この足跡はいったい――。

そう思いながら、西本は前方に向き直る。

ちょうど雲が切れて、一瞬、青空が覗《のぞ》いた。まるで雲に窓がうがたれたようだった。

そこから光が差し込み、北岳の頂稜に至る尾根の途中が、まるで黄金色《こがねいろ》のスポットライトのように照らされた。

その光る岩稜の上に人の姿があった。

彼の居場所から二百メートル近く距離があるだろうか。だからかなり小さく見えている。

先行者に違いないと西本は思った。山小屋を通り過ぎていることを報《しら》せてやらねば。

そう思った瞬間、彼はふと気づいた。

明らかに人ではなかった。

真っ白な毛に包まれた大きな体が猫背気味に、横向きに立っている。異様に長い前肢。短いふたつの足はくの字に曲がっている。

ゆっくりと振り向いた〝それ〟が、西本のほうを見た。

その顔はゴリラやオランウータンのようでもあり、もっと人間に近いようにも見えた。

「何だ……あれは……？」

あっけにとられて、西本がつぶやいた。

ハッと思い出し、防寒ジャケットの上に背負っていたザックのバックルを急いですべて外す。雪の上に落としたザックのレインカバーを引っぺがした。雪で凍り付いているのでバリバリと派手な音がした。

雨蓋《あまぶた》を開けて、一眼レフのデジタルカメラを取り出した。

右手のグローブを外し、電源ボタンを押す。ありがたいことに、この寒さの中でもバッテリーがへたっていなかったようだ。液晶表示が浮かび上がったのを確認した。

露出補正などをする余裕がないので、オートモードにした。

レンズは望遠ズームがついている。

両手でかまえながらファインダーを覗《のぞ》き、目いっぱいにズームアップさせた。

空から落ちた一条の光の中、〝それ〟は、まだ横向きに立っていた。

西本のほうを振り向く顔に焦点を合わせ、夢中でシャッターを切り始めた。


——南アルプスに不明生物、〝雪男〟か？

大手のネットニュースのタイトルだった。

地域課のデスクに向かってノートパソコンを開いたまま、進藤諒大が溜息《ためいき》を投げた。

時刻は午後四時を回ったところだ。

「なんだか、えらいことになってきたなあ」

そうつぶやいた彼の後ろに、夏実と静奈、曾我野が立っている。

「西本さんといって、アマチュアの山岳写真家では有名な人らしいです。撮影したご本人が山行記のブログに載せてたのが話題になって、こんなニュースになったそうですね」

曾我野がいった。「SNSとかでも凄《すご》い騒ぎになってるそうです」

「そりゃ、なんといっても〝雪男〟だからなあ」

進藤がそういって笑う。

「それを目当てに登山者やマスコミやらが押し寄せてこなきゃいいですけど」

夏実がいうと、静奈が笑う。

「何も真冬の北岳に野次馬が押しかけてきたりはしないわよ」

「しかしまあ、これってまさに〝雪男〟だよね」

進藤がいうので、夏実たちはまた液晶画面に見入った。

望遠レンズで捉《とら》えられた写真だった。

雪をかぶった尾根の岩稜帯に、たまたまその場所だけスポットライトのように日差しが当たっていて、ちょうどそこに〝それ〟が横向きで立っている。

真っ白な体毛に長い前肢、足は短くて尻尾《しっぽ》のようなものはないらしい。

こちらを向いた顔はサルに似ているが、違うようにも見える。類人猿という言葉がピッタリだという気がする。

「これってヌイグルミなんじゃないですか？」

夏実がいうと静奈が笑った。

「三〇〇〇メートル級の冬山でコスプレして何の意味があるのよ」

「あー、つまり……テレビの撮影とか？」

「届け出ぐらいするでしょ、ふつう」

静奈がいった。「たとえば、どこかからゴリラとかが逃げ出したとか」

曾我野が首を横に振る。

「基本的にサルっていうのは熱帯性の動物なんです。だから、暖かな気候の土地にしか棲息《せいそく》してません。ゆいいつの例外がニホンザルなんです。それでも北限が青森県。北岳の冬といったら、北海道よりも苛酷な環境ですから、サルがいるなんて無理な話ですよ」

進藤が腕組みをして唸った。

「ますます不可解だなあ」

「ネットの掲示板だと、宇宙生物という説もあるようです」

曾我野がいうので夏実たちが驚く。

「いきなりどうして宇宙なのよ」と、静奈。

「最初に松戸さんたちが被害を見つけた前の晩、でっかい火球が北岳方面に落ちるのが目撃されたんです。偶然、登山者によって動画が撮られていて、それがＹｏｕＴｕｂｅにアップされてます」

曾我野は自分のスマートフォンにブラウザを立ち上げ、該当する動画のページにアクセスし、再生させた。

夏実たちがそれを覗き込む。

最初は真っ暗な夜空だった。見ていると、だしぬけにかなり明るい光が横切り、素早く滑り落ちていた。しばし光の残滓のようなものが見えたが、やがて消えた。

向こうに見える山のシルエットは間違いなく北岳だ。おそらく撮影者は池山吊尾根のボーコン沢ノ頭付近からそれを撮ったのだろう。

「だからといって宇宙生物はないだろう？」

そういって進藤が笑った。「隕石《いんせき》に乗って北岳に落ちてきて、そいつが山で暴れ回ってるなんて、三流ＳＦホラー映画じゃあるまいし」

「まあ、その宇宙生物説はさておいて、われわれ地元の警察としては、どう対処するかってことなんですが」

曾我野がいうので、夏実は少し考えた。

「えー、とりあえず人的被害は報告されていませんし、ここは警察官の出る幕じゃない気がします」

彼女がそういったときだった。

――至急！　至急！　県警本部から南アルプス署。一一〇番通報を受理。重要事案です。北岳吊尾根付近で登山者三名が負傷。関係情報を送ります！

壁のスピーカーから聞こえた女性警察官の声に、その場にいた全員が振り返った。

県警本部通信指令課から飛んできた無線である。

スピーカーの傍《そば》にある液晶モニターに、事案発生現場である北岳の地図が表示された。通報者の携帯電話から発信されたＧＰＳ情報で、発信地点が地図上に赤いマークとなって映し出されている。

さらに画面にはすでに負傷者の名が列記されていた。県警本部通信指令課の受理台の係員が、通報を聴きながら手書きで入力した情報の転送である。

重傷者は小高光郎《こだかみつお》（二九）、関口雪江《せきぐちゆきえ》（二七）および東川伸也《ひがしかわしんや》（二七）が軽傷。

三名のうち、一一〇番通報してきたのは東川らしい。

「こちら地域課、杉坂です。詳しい状況を教えてください」

沢井地域課長の近くのデスクから、杉坂副隊長が立ち上がり、いった。

――登山者三名はいずれも名古屋から来て、昨日、池山吊尾根ルートから入山。二日目の本日は吊尾根分岐付近でテント泊。明日の登頂を控えて、テントの中で夕食を食べていたそうです。そこで何者かにテントの外から襲撃を受けたとの通報です。

「何者かって……」

進藤が茫然とつぶやいた。

――ええと、通報者の言葉をそのまま伝えますが、その……真っ白なサルのような生き物だという証言でした。外からテントを破られたそうです。小高さんは抵抗して肩に噛《か》みつかれ、関口さんたちも……爪で腕や顔をひっかかれたようです。

県警通信指令課の女性警察官のいいにくそうな声に、夏実たちは顔を見合わせた。

県警ヘリ〈はやて〉が機体を傾げながら旋回を始めた。

かなり強烈なGが襲い、機内にいる警察官らがいっせいに体をこわばらせた。

機長の納富慎介《のうとみしんすけ》の操縦は相変わらず荒っぽい。

座席には進藤諒大、関真輝雄および横森一平の姿がある。彼らの前の座席には整備士の飯室滋《いいむろしげる》が座っていた。

ふいにキャビンの窓から北岳の雄姿が見えた。

雪化粧した頂稜に夕陽が当たり、きれいなピンク色に輝いている。それが見る見る接近してくる。バットレスと呼ばれる標高差六百メートルの大岩壁をかすめるように、〈はやて〉は旋回しながら飛び、やがて吊尾根分岐に到達した。

頂稜手前の小さな鞍部《あんぶ》になっている場所に、青いテントが見えている。

その横に三名の登山者の姿があった。通報どおり、テントはかなり破損しているのがわかった。破れた生地がヘリのローターから吹き下ろすダウンウォッシュでバタバタと暴れている。岩稜帯に積もった雪が、強風で舞い上がり始めた。

なるべく彼らに風を当てないよう、納富は少し離れた傾斜地にヘリをアプローチさせる。

これ以上降下すれば、テントごと吹き飛ばしてしまうおそれがあるので、着陸はできない。そのため、飯室がキャビンドアを開き、ホイストケーブル降下の準備をした。

最初に関が、続いて横森がケーブルで下りていく。

最後が進藤である。

いったん高空に待避した〈はやて〉に手を振り、進藤たちはテントに走った。

三名の男女は破壊されたテントの横に座り込んでいた。

赤いジャケット姿の若者が横になり、若い女性が膝枕をしていた。ひとりが立ち上がって手を振ってくる。

「南アルプス署山岳救助隊です！」

進藤が声をかけた。「通報者の東川伸也さんですね」

若者が頷く。眼鏡をかけた小太りの青年だ。

小柄な女性が関口雪江、彼女に介抱されている痩《や》せた赤ジャケットの若者が小高光郎らしい。三人ともショックを受けたらしく蒼白な顔をしている。

まず、現場の状況をざっと見る。

壊れたテント。散らばった登山用具など。

報告にあった〝真っ白なサルのような生き物〟の姿はない。

進藤はトランシーバーを腰のホルダーから抜き、地域課に連絡を入れた。

「こちら、進藤です。午後四時二十五分、〝現着〟。〝要救〟三名は無事。意識もはっきりしているようです。報告通りにテントがかなり破壊されて、道具が散乱していきます。不明生物らしき姿は確認できず――」

「傷を拝見します」

救助隊の中でゆいいつ医師免許を持つ関が、小高の容態を診ている間、進藤は横森とともに事情聴取を始めた。

「テントの外で調理を終えて、中で夕食を摂《と》り始めて少し経ったときに、外で変な声がしたんです。なんか……動物の唸り声みたいな」

そういったのは東川だ。頬に切り傷のようなものがあり、血が固まってこびりついていた。眼鏡の片側のレンズがひび割れている。

「最初はクマだと思ったんです」と、雪江がいった。

「こんなところにクマがいるわけないって自分がいったんだけど」

東川がそういったあと、雪江が思い出したのか、身を震わせて自分の肩を抱きしめた。

「いきなりバリバリッて、外からテントが引き裂かれて、真っ白な毛むくじゃらの動物が中に飛び込んできて、暴れ始めました」

「私たちの食料が目当てだったみたいです」と、雪江がいった。

「小高が大声で怒鳴って水筒で後ろから殴りつけたら、いきなり振り向いてあいつの肩に噛みついたんです」

そういったあと、東川は口を引き結んだ。唇が青く、震えていた。

「雪江ちゃんとふたりでテントから逃げだそうとしたら、あれが……」

「また襲ってきたんですか」

進藤が訊くと、彼は頷いた。

「ふたりでなんとか外に転げ出すように逃げたら、あの動物が全員ぶんの食料を入れたスタッフサックをくわえて出てきました。近くにあった大きな岩を拾って夢中で投げつけたんです。たまたまあれの体に命中しました。そしたら、そのままあっちに――」

東川は南側を指さしていった。「凄い勢いで岩場の向こうに逃げていきました」

進藤は立ち上がり、また周囲を見た。

もちろんそれらしいものは見当たらない。テントに行ってみると、ドライフードなどの袋がメチャメチャに破られて散乱しているのがわかった。濃密な獣臭がそこに残っているのに気づき、進藤は顔をしかめた。

テントの周囲を見る。雪の上に大きな足跡があった。

指が五本。裸足である。

肩の小屋の前でこれを見つけたとき、彼の救助犬リキが異様に緊張して唸っていたのを思い出した。

「足跡、かなり明瞭《めいりょう》ですね。追跡しますか？」

デジカメで撮影しながら横森がそういったが、進藤はかぶりを振った。

「証言からすると、かなり凶暴な生き物のようだ。今の俺たちは武器どころか警棒すら持っていない。下手《へた》に近づくのは危険だ。何よりも負傷者の搬送を優先するべきだし、ここはいったん退避しよう」

「わかりました」横森は少し悔しげである。

関の応急処置が終わり、肩の傷に包帯を巻かれた小高の体にハーネスを装着した。

三名ともホイストケーブルで吊り上げて機内収容する予定だ。

進藤はトランシーバーで〈はやて〉の納富を呼び出す。

「現場から〈はやて〉、セット完了です。納富さん、進入どうぞ！」

――諒解。これよりアプローチします。

間もなくヘリのブレードスラップ音が近づいてきた。

進藤はまた現場を見回した。

夕闇が近づき、視界がだいぶ薄暗くなっていたが、現場の様子は目に焼き付いた。

それらしい〝生き物〟の姿はやはり見当たらない。

しかし、あのときのリキの緊張した様子を思い出し、進藤は得体の知れない恐怖に襲われていた。一刻も早くここから立ち去りたいと思った。

やがて県警ヘリ〈はやて〉が尾根の向こうから回り込んできて、姿を現した。

それを見て進藤はホッとした。

南アルプス署の広い会議室に、大勢が集まっていた。

地域課山岳救助隊のメンバーに加え、北岳にある各山小屋の管理人たちの姿もある。

彼らの前の長テーブルに、北見《きたみ》署長と佐々木《ささき》副署長、沢井地域課長が制服姿で並んで座っている。

正面の壁には北岳の山岳地図があり、被害や目撃された場所に印がつけられている。さらに現場で撮影された足跡や、ネットにアップされた不明生物の写真がいくつか貼られていた。

「この正体がなんであれ、まず山小屋二軒の厨房が荒らされ、のみならず、今回ははっきりと人的被害が出てしまいました」

沢井課長がマイクに向かってしゃべっている。「今後、同様の被害が出ることも予想されるため、北岳一帯に入山規制を敷くしかないと思われます」

杉坂副隊長が手を挙げ、起立した。

「問題の不明生物ですが、小屋の破壊の状況を見れば、かなりの力を持ち、さらに獰《どう》猛《もう》な性質であることがわかります。各山小屋の備蓄食料はすべて回収しましたが、これはやはり不明生物に対して、具体的な対策を取る必要があるのではないでしょうか」

「むろん、それは異存がありません」と副署長がいう。

「あの……」

夏実が恐る恐るといった様子で手を挙げた。

「どうぞ」と、沢井課長が指さす。

「対策というと、具体的にどういう方法を取るのでしょうか？」

「捕獲……場合によっては射殺もやむを得ないと考えております」

杉坂副隊長がそういった。

「射殺！」

思わず大声を放ち、立ち上がった夏実の腕を、隣に座る静奈がつかんだ。

「ちょっと夏実。落ち着いて」

「だって……」

夏実は渋々着席する。

そんなふたりの様子を沢井課長が見ていた。

「星野さんの気持ちもわかりますが、やはり未知の危険を回避するためにはやむを得ないということもあります」

少し離れた席から深町が挙手した。

「しかし相手は大型獣ですし、警察の装備では不足じゃないでしょうか」

佐々木副署長が頷いた。

「実は地元猟友会に協力を求めることも考えたのですが、この辺りは南アルプス国立公園内で基本的に狩猟ができません。だからといって、自衛隊に協力を求めるというのも大げさですし……」

次に署長がこういった。

「あくまでもこれは特殊なケースですし、環境省から許可が出れば該当地域での狩猟行為も可能だとは思います。ただし場所が三〇〇〇メートル級の山域ですし、何しろ猟友会のメンバーはほとんどが高齢者ですからねえ」

すると山小屋の管理人たちの間から手を挙げた者がいた。

ガッシリした体軀《たいく》の男性。広河原《ひろがわら》山荘管理人の滝沢謙一《たきざわけんいち》だった。年齢は四十歳。亡き父親から小屋の仕事を引き継いで五年目。まだ若いが貫禄がある人物である。

「自分が行きます。狩猟免許を持っていますし、北岳一帯は知り尽くしています」

署長たちが納得したように頷いた。

「たしかに謙一なら適任だと思います」

そういったのは白根御池小屋の松戸だった。彼らは山小屋の管理人同士であるとともに、古くからの親友でもあった。

「ただ、闇雲に歩き回って出会えるような相手ならいいんですが？」

滝沢がいうので、進藤諒大が手を挙げ、立ち上がった。

「だったら、俺とリキがいっしょに行きます。あいつは……臭いを憶《おぼ》えてます」

夏実が彼を見た。

「大丈夫なんですか？　リキはずいぶんおびえていたっていう話ですけど」

進藤が振り向く。彼女に向かってかすかに笑った。

「相棒を信じてる」

向かいのテーブルから沢井課長がいった。

「進藤隊員と滝沢さんたちに一任します。天候が荒れないかぎり、ヘリを使っての上空からの捜索も可能だと思います。環境省から許可が下り次第、出動をお願いします」

会議が解散となり、全員が椅子を引いて立ち上がる。

進藤と滝沢の傍に夏実が立った。かすかに眉根を寄せ、彼らを見つめる。

「できれば、射殺とかしないでください」

ふたりは彼女を見た。

進藤が口を引き結んでから、頷いた。

「君の気持ちはわかる。俺としても、あれを捕獲できれば、それがいちばんいいと思ってるよ」

「ありがとうございます」

そういって、夏実は頭を下げた。

6

自在鉤《じざいかぎ》に掛けられた大鍋が湯気を立て、クツクツと煮えている。

それを数名の男たちが囲んでいた。

鍋の中には今朝、仕留めたばかりのイノシシの肉――なかでも腿《もも》の薄切り肉が並べて敷かれ、白菜、長ネギ、春菊、エノキに焼き豆腐。味付けは酒とみりん、味噌《みそ》にすりおろしの生姜《しょうが》とニンニク。いわゆるボタン鍋である。

木椀によそわれたものを、男たちは割り箸で食べ、日本酒やビールを飲む。

地元猟友会の芦倉《あしくら》分会の猟師たちだった。

今夜の宴会は、猟を取り仕切っている分会長、勝俣直五郎《かつまたなおごろう》の自宅で、メンバーの男たちが集っていた。

彼らが巻き狩りで捕獲した牡《おす》のイノシシは、体長が一・三メートルあり、重さが一二〇キロ以上あった。猟師たちはみんなで〝三十貫の大物〟と自慢し合った。それを現場で血抜きをし、解体をすませて、分会長の家に運び込んだのである。

それからおのおの自宅に戻って汚れた服を脱ぎ、ひとっ風呂浴びてから同じ家に集まってきた。

宴会が始まって一時間、すでに男たちは赤ら顔になり、てんでに濁声《だみごえ》で会話していた。

話の主な内容は、もちろん今朝の巻き狩り猟についてだ。

夜明け前から入山し、勢子《せこ》とタツマ——すなわち、追い出しと待ち受け組に分かれて、猟犬たちを放した。やがて犬たちに追われたイノシシが、ほぼ予想通りに尾根を渡って谷に下ってきたところを、芦倉分会でいちばんの射手といわれた小尾達明《おびたつあき》がライフルを放ち、二発目で仕留めた。

獲物発見から捕獲までの一連の出来事を、男たちは逐一、思い出しながら話し合う。その成果が目の前の鍋の肉であり、それは彼らにとってのトロフィーであった。

「それにしても、なんで謙一の奴、今朝の狩りに参加しなんだんだ」

コップ酒をあおりながらいったのは、川辺三郎《かわべさぶろう》。今朝は義弟である小尾とともにタツマを張ったグループのひとりだ。ふたりはともに六十二歳。猟友会の中ではこれでも若手に入る。

滝沢謙一は広河原山荘管理人であると同時に、オフシーズンは猟師でもある。分会メンバーの中では最年少で四十歳だった。

「あいつは今朝は警察署に行ってたはずだ」

分会長の勝俣がそういった。

「なんぞ悪いことでもしたか？」

冗談をいって川辺が笑う。

「例の〝雪男〟騒動で対策会議だとよ」

勝俣がそういうと、男たちは納得した。

「相変わらず忙しい野郎だな」

そういった小尾が、鍋からシシ肉を木椀にすくい取った。

年を越して獲った牡のイノシシはどうしても臭みが残るので、ニンニクのすりおろしが多めに入れられている。それが生姜と相まって血行を促し、体を温めてくれる。それがゆえに彼らは大いに酔っ払っていた。

「親方」

川辺が勝俣分会長にいった。「俺らでやらねえか？」

「何のことだ」

血走った目で勝俣が振り向く。

川辺は湯飲みの日本酒をあおってから、こういった。「例の〝雪男〟だよ」

「まさか、おめえ？」

「いくら三十貫や四十貫のイノシシを獲ったところで、世間は何の評価もしてくれねえ。だがな、もしも俺たちの手でそいつをやっつけたら？」

得意げな川辺を見て、勝俣が鼻に皺を寄せた。

「だっちもねえこんだ。北岳っつうたら国立公園ずら？　いくら地元の猟師っつったって、そったらところで鉄砲が撃《う》てるかよ」

「だども……」

分会長に制されては、さすがの川辺もこれ以上、出る幕がない。

子供のように口をへの字に曲げて黙り込むと、手酌で一升罎《いっしょうびん》から酒を湯飲みに注ぎ、ぐいっとあおった。


夜更けになって解散し、猟師たちはそれぞれの帰途についた。

川辺は、今朝の功労者である小尾と近所なので、いっしょに肩を並べて夜道を歩く。

ふたりともしとどに酔っ払っていたが、さいわい道路は凍り付いていない。ただ、曇り空から粉雪が風に乗って落ちてくるばかりだ。

ふたりは自販機の明かりの横で並んで立ち、放尿をした。

どちらの口からも白い息が闇に流れている。

「なあ、タツよ。さっきの話だが――」

川辺の声に彼が振り返る。「何だい、義兄貴《あにき》」

小尾の妻は川辺の妹だった。

「〝雪男〟だよ。俺たちだけでいいからよ。仕留めねえか?」

小尾が肩を揺らして笑った。

「何いってんだ。下手なことすりゃ、狩猟免許を取り上げられっが」

「それでも有名になれるべ？」

ふいに小尾が真顔に戻る。

「有名か……」

「そいつをどこかに売り込みゃ、大金が転がり込んでくるに違《ちげ》えねえ」

小尾があっけにとられたような顔で川辺を見つめる。

「だいたい免許返上ったって、死ぬまでじゃねえだ。そのうち、また山に入れるようになるさ。だったら、思い切ってやってみねえか？」

小尾はしばし考えていたが、放尿を終え、ぶるっと体を震わせた。

ズボンのジッパーを上げてから、口を引き結んだまま川辺を見る。

「義兄貴。やめとこうや。いくら何でも、やっていいことと悪いことがあるずら？」

「怖じ気づきやがったかい」

「そうじゃねえけどさ」

もどかしげにそういって小尾が背を向け、歩き出す。

「けっ」

川辺がズボンをたくし上げ、そのあとを追いかけた。

7

北岳に至る冬山登山の起点のひとつが夜叉神峠《やしゃじんとうげ》である。

一般の登山者はここに車を停めて、夜叉神トンネルを抜けて南アルプス林道を歩き、鷲《わし》ノ住山《すやま》展望台から野呂川《のろがわ》を越えて池山吊尾根ルートに入っていく。

しかしその日の早朝、峠のゲートが封鎖され、立て看板がそこに設置された。

《北岳方面入山禁止　南アルプス市》

夜明け前から、地域課の救助隊メンバーが現場に立哨《りっしょう》していた。知らずにやってくる登山者の車に声をかけて、事情を説明し、戻ってもらうためだ。

星野夏実、神崎静奈、横森一平の三名だった。

予想通り、暗いうちから林にヘッドライトの光が輝き、何台かの車が林道を登ってきた。

多くが県外ナンバーである。登山のオフシーズンなのでバスやタクシーで登ってくる者はいない。

車輛が駐車場に入ってくるたびに、夏実たちは明かりを点《つ》けた誘導棒を持って駆けつけ、頭を下げ、あるいは車窓を叩く。ウインドウを下ろした登山者たちは残念がったり、あからさまに不機嫌な顔になったりした。

北岳方面への入山規制は、昨夜のうちに公式発表されていた。

ニュースやインターネットなどで、そのことを知りながらやってきた登山者も多く、夏実たちは少し驚いた。現場に来ればなんとかなるかもしれないという、安易な楽観ゆえなのだろう。まさかここまで厳重な警戒だとは思わなかったなどといい、しぶしぶ引き返していった者もいた。

午前七時を回って、ぼちぼち空が明るくなった頃、ようやく登山者の車が来なくなった。

地域課の職員たちが、麓《ふもと》である芦安《あしやす》の各所に看板を立てていたが、夜明けを過ぎて、車からも確認できるようになったからだろう。

それでも夏実たちは夜叉神ゲートから離れることはできなかった。

この辺りの標高は約一三〇〇メートル。周囲の山々ほどではないが、二月の空気はしんしんと冷え込む。もちろん寒さには馴れきっているものの、体力の消耗も激しい。

車が登ってこない合間に警察車輌に戻り、テルモスの保温水筒を座席から取った。蓋を開き、熱いコーヒーをカップに入れ、三人で横並びになって飲んだ。

「あれは今頃、何をしてるのかな」

白い息を風に流しながら、夏実がふといった。

「あれって〝雪男〟のこと？」

静奈を見て、彼女は頷く。

「もともとサルの種族は暖かい地域の動物で、寒冷地では棲息できないって曾我野くんがいってた。それがずっと心に残ってるんです。今頃、あの山のどこかで、寒くて、ひもじい思いをしてるんじゃないかな……」

フッと静奈が笑った。

「あなたらしいよね、それって」

「え」

「だけど、危険な生物を擬人化して感情表現するのはどうかと思うな」

「でも、静奈さん。なにも危険だと決まったわけじゃないですよ」

「現にテントが襲撃されてるんだから」

夏実はいったん唇を噛んで考えた。

「私、こう思うんです……きっと噛みついたのは登山者に反撃されたからですよね。やっぱり、それって怖かったんじゃないでしょうか？」

静奈が両腕を胸の前で組み、片眉を上げて口をつぐんだ。

しばしのち、横でだまって立っている大柄な隊員に静奈がいった。

「横森くん。あなた、どう思うの？」

ふいに振られた彼は目をしばたたき、それからいった。

「自分は……えー、公務に感情を挟まない主義ですから」

静奈はあからさまにしらけた顔をした。

そのとき、車の音がかすかに聞こえた。

三人がいっせいに振り返ると、樹林の向こうをヘッドライトらしい光が近づいてくるのが見えた。夏実たちは飲みかけのコーヒーを急いで飲み干し、車輌にカップを仕舞った。

林道を登ってきたのは、白黒ツートンの三菱チャレンジャーだった。ルーフにパトランプが見えた。

「藤野《ふじの》さん……？」と、夏実がつぶやいた。

彼らの前に停まったチャレンジャーのドアが開き、運転席から出てきたのは、まさに芦安駐在所に勤務している藤野克樹《かつき》巡査長、救助隊員らとはすっかりなじみの駐在警察官だ。続いて後部ドアが開いて、救助隊の制服姿の進藤諒大隊員と、登山スタイルの広河原山荘管理人、滝沢謙一が出てきた。

「ご苦労様です」

静奈がいい、夏実、横森らといっせいに敬礼する。

藤野と進藤も返礼してきた。

「これから出動ですか？」と、夏実が訊いた。

進藤が頷く。

「当初の予定通り、吊尾根コースから入って、これまでの目撃地点を中心に捜索していく予定だ」

「リキは？」

進藤は車のカーゴスペースを見て、夏実にいった。「はりきってる」

その表情の奥に複雑な感情が垣間見えたような気がして、夏実は口をつぐんだ。

藤野巡査長が運転するチャレンジャーは、時速四十キロ程度の低速で南アルプス林道をたどっていた。夜叉神トンネル、観音経《かんのんきょう》トンネルを経て、御野立所《おのだちしょ》を過ぎる頃、左前方に南アルプスの稜線が白く連なって見えてくる。

道路に積雪はほとんどないが、ところどころ凍り付いている。そのためスピードが出せない。もともと藤野は慎重な性格だが、とりわけ今朝は重要な任務を帯びたふたりと一頭を運んでいるという責任があった。

後部座席に座り、窓越しに銀嶺《ぎんれい》の尾根を見つめながら、進藤諒大は不安を抱えていた。

自分とリキが、果たしてこの職務を全うできるだろうか。

あの〝生物〟の気配や痕跡《こんせき》を目の前にしたときの緊張感をいやでも思い出す。リキのみならず、自分もそれを感じていた。

「今日の進藤さん、なんだかいつもと違ってますね」

ふと傍らから声を掛けられ、彼は滝沢謙一を見た。

レスラーのように屈強な体型。口の周りに黒い髭《ひげ》を生やしている。彼の狩猟具は、リキが入ったドッグケージとともに、背後のカーゴスペースだ。

「そうか？」

進藤はとぼけたが、滝沢は鋭い目で彼を見て少し笑う。

「何しろ相手が相手ですからね。気持ちはわかります」

「例の宇宙生物説はさすがにないとして、得体の知れない猛獣だということだけはたしかだと思う」

「人間と違って、説得できそうにありませんしね」

「だから、謙一くんに同行してもらったんだ」

「星野さんは捕殺に反対のようでしたが、もしも撃ったら恨まれますか」

「いや」進藤はきっぱりといった。「ひどく悲しむだろうけど、彼女に限って人を恨むようなことはしないよ」

滝沢が頷いた。

「自分も、なるべくなら撃ちたくはありません」

「だったら、どうして志願した？」

彼はしばし考えてから、こういった。

「よくはわかりません」

滝沢は車窓越しに外を見つめながら続けた。「自分が狩猟免許を取ったのは、たんに食料確保だけではなく、シカなどの食害からこの山の自然を守るためでした。でも、今回の出動は、それとはまったく事情が違います。ただ……山を守るという意味においては同じかなと思ったんです」

「これ以上の人的被害を出さないため、という意味ではそうかもな」

「外来だからとか、異物だから排除するとか、そんなことはしたくないんです。その生き物が何者で、どうしてそこに存在するのか、自分で納得してからでないと撃たないつもりです」

進藤は少し笑い、そっと彼の腕を叩いた。

鷲ノ住山展望台で藤野巡査長が車を停めた。

降りた進藤と滝沢は、三菱チャレンジャーのリアゲートを開き、登山支度を始めた。

藤野もさすがに馴れた動きでテキパキと手伝ってくれた。

　空一面、雪雲が覆っていた。粉雪が風に乗って落ちている。

　進藤はケージの扉を開いて、リキを外に出す。

　思い切り伸びをしてから、軽く胴震いをした川上犬の胴体に、〈K－9〉と記されたオレンジのハーネスを装着する。山岳救助犬にとって、それが出動の合図となる。とたんにリキの顔つきが変わる。日頃の訓練のたまものである。

　進藤もハーネスを装着し、リードのナスカンで犬のハーネスとつなぎ合った。愛用の四十リットルのザックを背負う。

　一方、滝沢は登山シャツの上にオレンジのハンタージャケットを羽織り、スパイクブーツを履いた。頭には赤のスキー帽。ザックを背負ってから、猟銃が入った迷彩柄のソフトケースをスリングで肩掛けする。

　支度を終えて、ふたりで目を合わせた。

「じゃあ、くれぐれもお気をつけて」

　そういってから敬礼してきた藤野巡査長に、進藤は返礼した。

「行ってまいります」

進藤とリキが登山道入口から木立に分け入り、滝沢が続いた。

池山吊尾根ルート。数日前に肩の小屋の被害調査のため、リキとふたりでたどったばかりだった。

短い尾根筋をたどって鷲ノ住山を越すと、そこからいきなりの急坂となる。林の間をトレイルがジグザグに折れながら下っている。積雪は少ないが、地面がガチガチに凍り付いていて、ときおり登山靴が霜柱を踏み抜き、足首近くまで沈む。

もともと山で力を発揮する川上犬のリキは、歩調を乱すこともなく、進藤と同じペースで急斜面を下っている。

ふたりと一頭の口許《くちもと》から洩れる呼気が、寒風に白く流れている。

およそ四百メートルの急斜面を一気に下って野呂川の岸で立ち止まった。

吊橋が対岸に向かってかかっている。

真冬の野呂川は積雪の合間を黒々とした様子で流れていた。見ているだけで寒さがつのってくる。ふたりは無言で揺れる吊橋を渡り、すぐに対岸にたどり着いた。

休む間もなく斜面を登り、林道に到達した。

アスファルト舗装された路面に積雪がないため、進藤たちは登山靴に装着していたアイゼンを取り去った。

ふたり横並びで歩き出す。リキが少し前を歩いている。

空は相変わらず鉛色の雪雲が低く垂れ込め、そこから霏々《ひひ》として粉雪が舞い落ちている。

「今朝、久しぶりに親父が夢に出てきました」

唐突にいわれ、進藤は滝沢を見た。

それからまた前を向いた。

「そういえば仙三《せんぞう》さん……亡くなってもう五年か。早いものだ」

滝沢仙三は初代、広河原山荘の管理人であり、この山域の環境保全や山小屋の管理などを管轄する〈南アルプスファンクラブ〉というNPO法人の代表でもあった。五年前、登山ガイド中に体調を崩し、急死した。

「立派な山男だったな」

進藤がいうと、彼が小さく頷く。

「自分がどう背伸びしても、絶対にかなわない人でした」

「南アルプスの父って呼ばれてたよなあ。ここらであの人を知らなければモグリだっていわれるほどの有名人だったくせして、まったく気取りがなかった。誰にでも優しくて、そのくせ一本筋の通ったものを持ってた人物だった。でも、君は立派にお父さんのあとを継いだと思うよ」

滝沢は少し笑ってかぶりを振った。

「ガキの頃から、あえて親父と違うことをやろうと、それぱかり躍起になってたんです。だから昔は山になんか目も向けなかったし、代わりにテコンドーにのめり込んだり、料理学校に入ってそっちの世界を目指したり……でも、けっきょくこうして親父のあとをたどることになりました」

「親父さん、夢の中で何かいってたのか?」

「それが……」

滝沢はまたふっと笑い、俯きながら歩く。「何もいわないんです。何かいいたげなのに。それって、生きてた頃の親父そのまんまだから、もう笑っちまいますよ」

「謙一くんのことを見守ってる。そういうことじゃないのかな」

「そうかも、しれませんね」

ふたりとリキが足を止めた。

目の前にトラス式の大きな橋がかかり、手前左に〈あるき沢橋〉と書かれた停留所の看板があった。

池山吊尾根の登山道入口であった。

8

都内港区にある東都大学高輪台《たかなわだい》キャンパス――。

四号館地下にある学生食堂の広いフロアは、ちょうど昼食時で混み合っている。学生たちの会話が渾然《こんぜん》と入り交じってかまびすしいほどだ。

その片隅で、三人の男子大学生がテーブルを囲んで食事をしていた。

「えー。ホンマか、これ！」

だしぬけに放たれた大声に、周囲の学生たちが驚いて顔を向けてくる。

叫んだのは経済学部システム情報科の芝山宏太《しばやまこうた》。

彼に向かって座っているふたりは、同じ学部の安西廉と大葉範久。ともに数日前、冬の北岳から下山したばかりで、雪焼けのために顔が真っ黒だった。芝山は彼らが属している山岳部とは無関係だが、同じゼミの仲間だった。

さっきから芝山は右手に箸を持ったまま、左手でスマホを操作している。液晶画面にはYouTubeの動画が映され、一時停止モードになっていた。画面の片隅には〝87万回視聴〟と表示されている。

「この火球の動画、ホンマにお前が撮影したんか」

芝山にいわれ、大葉が頷いた。

「アップしたのはバイト仲間の増井《ますい》っていう友達なんだけどさ、撮影はたしかに俺だ。まさかここまで再生回数が増えるとは思わなかったよ」

「火球の動画だけなら珍しくないが、今回はたまたま例の〝雪男〟騒動があったからな」

大葉の隣で安西がいう。「おかげで宇宙生物だとか、変な噂《うわさ》まで流れたけど」

この動画は大手スポーツ紙〈東洋スポーツ〉でも取り上げられた。もちろん、例の〝雪男〟と絡めての記事だった。宇宙生物という噂の原因はそこにあったのである。

「しっかし驚いたわ。この再生回数……」

芝山は自分のスマホを見ながらつぶやいた。

「まぐれというか、たまたまだよ」

大葉が苦笑いする。「人気ＹｏｕＴｕｂｅｒのお前の投稿に比べたら、そんなの屁《へ》のようなもんだ」

「そやな。ま、俺とはジャンルが違うし」

そういいながら、しきりにスマホの画面をスワイプしている。

芝山のチャンネル名は〈ガラダマｃｈ〉。ハンドルネームは〝芝ヤン〟。

もとよりしゃべり上手で、物真似の天才。まさに口から生まれてきたような男だった。その特技を生かしてＹｏｕＴｕｂｅに番組をアップし、アニメ、ゲームなどのサブカルチャーから世相、政治ネタに至るまで、話題のネタとして扱い、ときに芸能人の物真似芸をいれたり、あるいは徹底して辛口で切り捨てる話しぶりが人気で、ファンが多く、毎回、上位ランキングの常連だった。

話しぶりもさることながら、何よりも情報収集が抜群に上手《うま》い。しかも視聴者の気を引くネタをちゃんとつかみ、それを自分の言葉とし、芸としてしゃべれるのだから、これはもう天賦の才なのだろう。

「ところで芝山、就活のほうはどうなってんだ」

大葉にいわれて、彼は我に返ったようにスマホから顔を上げた。

「就活なんかやらんがな」

「マジかよ」

安西があきれる。「お前、まさかこの先ずっと、ＹｏｕＴｕｂｅｒで食っていけると思ってんじゃないだろうな」

「さすがにそこまで甘《あも》うないわ。ダメならダメで、そのとき何か考えりゃええって」

「とことん楽観的だなあ」

大葉があきれていった。

たしかに芝山は器用な男だった。喋《しゃべ》りが上手いだけではなく、性格が底抜けに明るく、しかもイケメンだからタレントのように人気がある。もちろん女性からもやたらとモテる。そんな自分に自信があるのだろう。

「そういうお前らこそどうなん？　ぼちぼち会社訪問とか、本腰入れなあかんのとちゃうか？」

逆にいわれて安西たちは口をつぐむ。

「いや、まあ……いろいろと」

「山なんか登っとるどころじゃないで」

そういうと、芝山は食器を載せたトレイを持ち、椅子を引いて立ち上がった。

「ほな、またな」

飄々《ひょうひょう》とした様子で、食器の返却口へと足早に歩いて行く。

その後ろ姿を見てから、安西は大葉と目を合わせた。


都内品川区戸越《とごし》、住宅地の一角にあるマンション三階の角部屋で、芝山宏太は机の上のノートパソコンとずっとにらめっこをしていた。

朝から数時間、ＹｏｕＴｕｂｅの自分のチャンネルにアクセスしている。

昨日、アップロードしたばかりの動画への視聴者のビュー数は三百七十六回。何度、画面の再読込をしても、その数字が増えることはほとんどなかった。

画面右下にある評価欄も、「高く評価」の数がさほど増えず、それに比べて「低く評価」の数は前回よりも遥かに多い。

〈ガラダマｃｈ〉のチャンネル名で投稿した動画は、最盛期だったら毎日、万単位のビュー数があった。しかしここ数カ月で凋落《ちょうらく》の一途をたどり続けていた。チャンネル登録数も今は三分の一以下に激減している。

コメント欄に多く見られるのは、「ワンパターン」「マンネリ」という言葉。物真似上手で、舌鋒《ぜっぽう》鋭く切り捨てるような口調が人気だったはずが、けっきょくしゃべるネタが尽きてしまったのである。有り体《ありてい》の自撮りトーク番組を作っては気軽に投稿していたことが、視聴者に見抜かれてしまったのだった。

大学の学食で安西や大葉たちにいっていたこととは裏腹に、芝山のYouTuberとしての人気はそろそろ翳《かげ》りを見せていた。というか、もう限界だった。そのことが恥ずかしくて、ふたりにいえずにいたのである。

いっそ動画投稿なんてやめるかと、何度となく思った。

しかしやはり未練がましくアクセスしてしまう。そのたびに、溜息をつく。

中には「頑張って」とか「期待してます」なんていうコメントも、まれに交じっているし、そういう書き込みを見ると勇気づけられる。だから、ついつい期待して覗いてしまうのである。

そうしてまたイライラがつのる。

もういいじゃないかと、何度も自分にいい聞かせた。

安西たちのように、ふつうに就活をして、どこかの会社に就職する。そうやって平凡な人生を選んで何が悪いのだろう。誰もが当たり前のように、そんな人生を選んでいるというのに。

そんなことを思いつつも、やはり一度味を占めた旨《うま》みが心に残る。

芝山は子供の頃から人気者だった。

小中学でもおもしろい奴だと、常にクラスの注目を集めていた。だから小学六年で学級委員長をやり、中学二年で生徒会長になった。売れっ子芸能人のようにちやほやされ、もてはやされて、まるで自分が世界の中心にいるような気分だった。もちろん女子にもモテた。

将来の夢と訊かれて、「吉本新喜劇の芸人になる」と半ば、本気で答えていた。

それが大学に入って、事態が一変した。

子供の頃と違い、周囲の学生たちは大人びて、どこかしらけていたし、いくら芝山が目立ったキャラクターでも、彼の周りに集まる者はいなかった。たんに「おもしろい人」止まりでしかなかったからだ。

いくつかのサークルに入ってみたが、やはり状況は変わらない。コンパなどの飲み会で芸達者な芝山はウケはしたが、それ以上の何ものにもならなかった。同期生の中には、そんな芝山をあからさまに軽薄な人間だと見下げる者もいて、次第にサークル活動からも遠のいていった。

意気消沈していた芝山がようやく自分の居場所を見つけたのが、ＹｏｕＴｕｂｅでの投稿だった。

彼のチャンネル〈ガラダマｃｈ〉は、たちまち上位にランクインし、常に大勢の注目を浴びるようになった。じきにチャンネル登録の人数が千名を超え、さらに十二カ月の視聴時間が四千時間を超えたため、広告収益を受け取る権利を獲得できたことが大きかった。

実際、毎月のようにかなりの収入があったのである。

芝山はそれまでのワンルームマンションから、２ＬＤＫの広いマンションに引っ越し、ひと部屋をまるまるスタジオにして、そこで撮影した動画を定期的にアップするようになっていた。

ときには外に出て、街頭でセルフ撮影をしたり、有名人にアポなし突撃取材を敢行してみたり、ありとあらゆる手段で動画を作成し、アップロードするたびに人気を博していたのである。

　自分はひとりきりではない。視聴者たちと深い絆《きずな》でつながっている――本気で彼はそう思っていた。

　ところが世間は熱しやすく冷めやすいものだ。

　そもそもＹｏｕＴｕｂｅには、似たようなことをやっている投稿者は星の数ほどもいて、人気の推移は常に変化する。芝山の失敗は自己過信にあった。自分の人気が衰えるはずがないと思い込み、情報収集や調査を怠ってしまったがゆえの結果である。

「もう……これが年貢の納め時ゆうヤツやろな」

　ポツリと独りごちて、マウスをクリックし、自分が観てきた動画の履歴を画面に表示させた。そのサムネールの一覧の中のひとつに、ふと芝山の視線が止まった。

　北岳で大葉が撮影したという、例の火球の動画だった。

　それをまた再生してみた。

　実はこの動画、毎日のように観ている。ただ、暗い夜空を流れ星が落ちるだけなのに、どうしても観てしまう。その理由は彼の友人が偶然に撮影した動画であること。しかもそれが、かなりの再生回数に達しているという事実。

今や再生回数は九十九万、もうすぐ百万になろうとしている。

たんなる火球の動画だったら、YouTubeにたくさんアップされている。こんなものよりも、もっと迫力のある動画がいくつもある。しかし、この投稿に人気が出たのは、スポーツ紙によって、あの〝雪男〟事件と関連付けられたからである。

南アルプスの北岳に、謎の〝雪男〟が出没し、山小屋の食料が奪われたり、登山者が襲われているという。最初は小さなゴシップネタにすぎなかったが、いつしかそれはテレビのニュース番組でも取り上げられるほどになっていた。

「〝雪男〟か」

椅子の背もたれをグイッと倒し、芝山が頭の後ろで両手を組んだ。

そうして目を閉じた。

「〝雪男〟ねえ……」

また独りごちると、ふいに目を開いた。

おもむろにパソコンにまた向かい、マウスを動かしてクリックし、ブラウザの検索エンジンを立ち上げる。その枠内に〝ゆきおとこ〟と打ち込み、漢字変換させて、リターンキイを乱暴に叩いた。

9

登山道入口からの直登を、進藤と滝沢は黙々と登っていた。

周囲には他に誰もおらず、リキはオフリードでふたりの少し先を歩いている。

全員が山馴れしているため、かなりのハイスピードだ。樹林帯の間を抜けるルートを俊足に登り続ける。

ここは北岳の冬季登山のメインルートゆえに、雪の上に足跡はたくさんある。それをたどりながら登り続ける。足元はパウダースノーで、凍結がないために、まだアイゼンの必要はなかった。

風が吹くたびに枝葉から粉雪が落ちて、白い紗幕のように木立の間を流れてゆく。途中で小休止して、ふと背後を見ると、木の間越しに白く雪をかぶった鳳凰三山《ほうおうさんざん》が見えている。

空は青くすみきっていた。

予報だと、明日辺りから天気が崩れるというが、そんな兆候は微塵《みじん》にも感じられない。

近くの杉の枝が揺れたかと思うと、木末から木末へとシジュウカラが飛び移って、さかんに尾羽を振っているのが見えた。どこか遠からぬ場所からキツツキのドラミングの音が聞こえてくる。

ふたたび登り始めた。どちらも終始、無言である。

標高一八〇〇メートル付近から次第に雪が深くなってくる。

いったんザックを下ろし、登山靴のソールにアイゼンを装着する。ベルクロで硬く縛り付けると、ふたたびザックを背負った。

そんなふたりの様子を、少し離れた場所からリキが興味深く見ている。むろん、犬の四肢には天然のアイゼンともいうべき爪がある。人間は靴底のアイゼンとダブルストックで、ようやく犬の歩行能力に近づけるのである。

ただし、この辺りは倒木が多く、歩行が困難な場所もたくさんある。

ふいに前方の視界が開け、雪原が大きく広がっている。常緑樹と枯れ木立の林に囲まれて、そこだけポッカリと開いた空間である。

池山御池といって、もとは池があったらしいが、今は夏場でも湿地止まりだ。

厳冬期となると一面が深い雪に覆われている。

そのずっと先にポツンと見えているのは池山御池小屋。ここは営業小屋ではなく、無人の避難小屋である。進藤たちはそこに歩み寄って、扉を開く。この山行はパトロールも兼ねているため、山小屋などの様子見もしなければならない。

土間と板の間のある内部に異常はなく、目立つゴミひとつ落ちていなかった。むろん荒らされた様子はない。

進藤は安心して扉を閉め、また滝沢、リキとともに歩き出した。

標高二三〇〇メートルを過ぎると、やがて城峰《しろみね》に到着する。樹林帯に囲まれて見通しの利かない場所だが、ここまで到達すると、じきに稜線にさしかかる。

城峰からルートは九十度近く左に折れる。そこを伝ってふたりと一頭は黙々と歩く。

ふいにどこか近くから口笛を短く吹くような声が聞こえた。

進藤たちは立ち止まり、振り返る。

雪に閉ざされた樹林の合間に、獣の姿があった。ニホンジカである。それが二頭、どちらも角《つの》がないから牝《めす》のようだ。真っ黒な瞳をそろえて、百メートル近く離れた場所から進藤たちをじっと見ている。

足元に停座《ていざ》するリキが、シカたちを凝視していた。

狩猟犬の血を引くにもかかわらずリキは、野生獣にはさして興味がないようだったが、やはり唐突に現れた二頭に驚いているようだ。

進藤は傍らにいる滝沢に目をやった。

彼は猟銃を納めたソフトケースを肩掛けしたまま、じっとシカたちを見ている。

その鋭い視線は、まさに猟師そのものだった。

「あれって……撃てる距離？」

好奇心につられて進藤が訊いてみた。

「いや」滝沢はシカたちを見据えたままいう。「ライフルだったら問題ないんですが、自分はまだ経験的に持てませんので、こいつは散弾銃です。大型獣を撃つためのスラッグ（一粒弾）を持ってきてますが、有効射程がギリギリですね」

狩猟者がライフルを所持するには、十年以上のキャリアがないとならない。

「そうなんだ」

「イノシシであれば肋《あばら》三枚、つまり心臓。シカを仕留めるには、ヘッドショットやネックショットが有効だといわれてます。つまり頭を撃ち抜くか、首の脊髄を破壊すれば、その場で倒れ、むだな血を流したり苦しませたりせずにすみます。でも、射程ギリギリで撃てば外す可能性が大きい」

進藤は頷いた。

「万が一撃つことになっても、半矢にするのは避けたいな」

「それだけは心がけるつもりです」

滝沢が答えたとき、シカたちがゆっくり歩き出した。

口元から白い呼気を洩らしつつ、木立の間を移動しながら、雪の森へと消えてゆく。

進藤はフッと息を吐いた。なぜか胸がドキドキしていた。

「自分、狩猟免許を取ってまだ三年ですが、いつも考えるんです。生きているものを殺すことの意味なんですが」

シカたちのいなくなった木立を見ながら滝沢がつぶやくようにいった。

「謙一くんは、それがどういう意味なのかわかったのか？」

滝沢は首を横に振り、しばし口をつぐんでいたが、ふと目を細めて、こういった。

「猟を始めた頃によく親方からいわれました。自分が撃つ獣の気持ちになれって」

「難しいだろうな。人間相手だってわかりゃしないのに、ましてやシカやイノシシといった野生動物の気持ちになるなんてさ」

「もちろんです。たかがまだ三年のキャリアですし、なにひとつわからないまま、夢中でやってきましたから。だけど――」

そういって少し口をつぐんでいたが、滝沢はこういった。「最近、少しばかりわかってきた気がするんです」

「どんなふうに？」

「目を……見たんですよ」

「目？」

滝沢は眉間にかすかに皺を刻み、遠くの空を見ている。また、口を開いた。

「去年の十一月、シーズンの初めに、単独で御勅使川《みだいがわ》の支流沿いに山に入りました。半日、あちこちを歩いて夕方になり、そろそろ下山するかってときに、牝ジカを一頭、見つけました。距離は四十メートルぐらいだったと思います。ちょうど横向きで、まさに撃ってくれといわんばかりの姿でした。そっと銃をかまえたとき、まともに視線が合ったんです」

進藤はあっけにとられた様子で滝沢の横顔を見つめた。

彼は相変わらず遠くを眺めながらいった。

「あの牝ジカの目の中には、怯《おび》えも哀しみもなかった。ただ――」

「ただ……？」

滝沢は小さく頷いた。

「なんていうか……慈《いつく》しみのような感情が見えました」

進藤はあっけにとられた。

狩猟獣であるシカの目の中に慈しみの感情とは――そう考えて、ハッとなった。

「そうなんです」進藤の反応を理解したように、滝沢がいう。「そのとき、神聖な存在を感じました。シカの目を通してはっきりとそれを自覚したんです」

「神聖な存在……つまり山の神？」

進藤が頷いた。「そうだと思います」

彼はゆっくりと息を吸って呼吸をし、風に向かって目を閉じた。

「猟師は山の神から幸をいただいている。そのことに対して深く感謝をしなければいけない。いわゆるアニミズムっていう奴ですね。考えてみれば当たり前のことなんですが、いつからか自分らはそれを忘れてしまっていたんだと思います」

進藤は頷き、いった。

「で……そのシカを撃ったのか」

彼はしばし間を空けてから、いった。

「撃ちました。それが自分にとって最初の獲物でした。だから山に向かって真摯《しんし》な気持ちで感謝をしました」

「いい経験だったな」

進藤は少し考えてから、こういった。「もしも、この先であいつに遭遇したら？」

不明生物のことだと、滝沢はすぐに悟ったようだ。

「そのときは、引鉄《ひきがね》を引けるのか？」

「許されるのであれば……」

「誰が許す？」

「山が決めるのだと思います」

眉根を寄せた滝沢の横顔を見つめていた進藤が、ふっと微笑んだ。

彼は黙って滝沢の腕を軽く叩き、リキとともに歩き出した。

滝沢が黙ってついてきた。

積雪量がさほどないから、雪をかき分けるラッセルの必要がない。

進藤とリキ、滝沢は樹林帯の急登を走るように登り続けた。ともに健脚ゆえに一般の登山者の二倍から三倍近い速度である。

砂払《すなはらい》が近づくにつれ、木立がまばらになって視界が開けてくる。

左後方には富士山がくっきりと見えている。前方右手には目指す北岳の雄姿。

すでに中天に上った太陽がまぶしく、ふたりはサングラスをかけた。

足元の積雪は踝《くるぶし》ぐらいまでの深さである。

やがて吊尾根の核心部ともいえる開けた稜線に到達した。ボーコン沢ノ頭を通過し、下り道になると、やがて八本歯の難所が前方に見えてくる。

突兀《とっこつ》と屹《き》り立った岩場。左右が切れ落ちたナイフリッジだ。

ここは冬場、風が抜ける場所だ。それも台風並みの烈風が真横から叩きつけてくる。が、この日はさいわい風がなかった。岩場に積もった雪は風に飛ばされたのか、ほとんどなくて岩盤が露出し、残置《フィックス》ロープもちゃんと使えそうだ。

進藤たちは慎重にそこを下りきった。リキも岩の間をぬうようにして、難所をクリアする。

八本歯のコルと呼ばれる鞍部で立ち止まり、彼らは眼下の大樺沢《おおかんばさわ》を見下ろした。

ここからだと巨大な円形劇場のようだ。

この谷は、リキの先代救助犬であるカムイが亡くなった場所である。

あの日のことを忘れもしない。

だから進藤はそっと両手を合わせて瞑目《めいもく》した。

リキもまるでわかっているかのように、足元に停座してじっとしている。

進藤はやがて目を開き、もうすぐ間近に見える北岳の頂稜に向かって歩き出した。

滝沢がそのあとに続いた。

右前方に標高差六百メートルの大岩壁バットレスが、澄み切った冬の空気の中で迫るように見えている。その白銀の壁面に真綿のようにガスが取り巻いていた。

吊尾根を詰めて分岐にさしかかる。

いつしか心中に得体の知れない不安が生じているのに進藤は気づいた。

登山者たちのテントが襲撃されたのが、まさにこの場所だった。あの日、県警ヘリ〈はやて〉で降下した地点である。すさまじいまでのテントの破壊ぶりと、放心していた登山者たちの姿をいやでも思い出す。

　ふと、リキを見た。

　背中の毛が逆立っているのがわかる。

　近くに何かがいるのかと周囲に目を配るが、そんな気配はない。救助犬に目を戻すと、鼻にかすかに皺が寄っている。おそらく臭気が残っているのだろう。

　進藤は唾を飲み込み、自分の緊張を抑えた。

　いつの間にか、滝沢が猟銃をソフトケースから取り出していた。レミントン社のM870という散弾銃。作動はポンプアクション。短銃身の上にベンチレートリブといって、放熱用の細長い孔《あな》が無数に作られている。

　革製の弾帯を斜交《はすか》いに肩掛けし、いつでも実包を装塡《そうてん》できるようにして、周囲を見張っている。やはり彼の顔にも明らかな緊張がうかがえる。

「リキ、どうだ？」

　進藤が声をかけた。

　彼の川上犬は依然として緊張した様子で、鼻を使って風の匂いを嗅いでいたが、ふいに低く腹這ってフンフンと地鼻を使い始めた。さっきまで萎《しお》れていた尻尾がピンと立っているのを見て、進藤はホッとする。

もともと川上犬は立ち耳、巻尾なのである。

「謙一くん。何かを嗅ぎ当てたらしい」

そういって手招きをすると、ふたりでリキのあとを追って歩き出す。

吊尾根分岐から南へ。

リキは間《あい》ノ岳《だけ》方面へと向かっていた。しきりと地鼻を使い、あちこちの地面や岩、ハイマツの繁みなどを嗅ぎながら、ジグザグに歩いている。進藤はそれを見ながら従い、その後ろを滝沢が油断なく猟銃を手にしたまま、左右に視線を配りつつ歩を進めている。

北側のトラバースルートをアップダウンしながらクリアして、尾根道に出ると、風が少し強くなっていた。南側からガスが斜面を駆け上がってきて、尾根の真上で縦に渦を巻き始めた。

気圧が下がり始めている証拠だ。

やはり予報通りに明日から天候が変わるのだろう。

渦巻くガスのずっと先に、北岳山荘の赤い屋根が目立っている。ガスが左から右に流れるたび、その屋根の色が見え隠れする。

斜面の登山道をゆっくりと歩きながら、進藤と滝沢は油断なく左右に目をやった。怪しい姿はなかった。雪の上に足跡らしきものもない。

しかしリキは鼻を使いながら、迷わず北岳山荘方面に向かっている。

かすかな羽音に気づいて見れば、イワヒバリだった。すぐ近くにやってきて、雪をかぶったハイマツの中に出入りし、小さな松ぼっくりを見つけては嘴《くちばし》でつついている。リキはこの高山鳥に見向きもせず、ひたすら臭跡をたどって前に進む。

「あのカメラマンがあれを撮影した現場はこの辺りだったな」

思い出して進藤がつぶやいたときだった。

リキがふいに歩みを止めた。

見れば、すぐ前の雪面に大きな足跡がいくつかあった。五本指がくっきりと浮き出した、まさに裸足の痕である。それを見て、進藤が緊張した。とっさに周囲に視線をやる。

しかしふたりと一頭の周りを、ガスが取り巻いていて、視界は利かない。

リキはまた背中の毛を逆立てていた。両耳を伏せ、尻尾の被毛が立っている。

滝沢が肩掛けしていた猟銃を持ち直し、弾帯から散弾の実包を抜いて、弾倉に二発、装塡した。その顔が少し緊張しているのに、進藤は気づいた。

リキの様子を注視する。

初めてこの足跡を目の当たりにしたときほど、リキは怯えていなかった。むしろ猟犬の血が目覚めたように、執拗《しつよう》に臭跡をたどり、足跡をひとつひとつ鼻で調べながら進んでいる。

進藤と滝沢はその後に続く。

いつしか南風が強まり、地表の雪を巻き上げるまでになっていた。ゴウゴウと音を立てて濃密なガスが斜面を駆け上がってきては、尾根を越えて下ってゆく。視界が次第に悪くなり、ともすれば目の前の足跡を見失いそうになるが、リキの嗅覚は確実に臭跡をキャッチしていた。

やがてまた、北岳山荘がガスの合間に見えた。すぐ近くだ。

しかし雪上の足跡はそちらに向かわず、間ノ岳方面へと続いているようだ。

リキの様子が変わったのは、山荘を越えて十五分も行ったところだった。唐突に足を止めて、足跡の周囲を嗅ぎ回り、何度も鼻面を上げては風の匂いを嗅いだ。

ふいに足早になった。

進藤は滝沢と目を合わせ、リキのあとを追いかけた。

激しい風音の中、流れるガスの向こうに川上犬の赤茶の被毛が見え隠れする。その周辺の純白の雪に赤黒いものが点々と散っているのが見えた。

ふたりは驚いて駆け寄った。

雪にちりばめられたのは血である。そして、幾多の羽毛。

そこにあの大きな足跡が入り交じっている。

「まさか……」

進藤はあっけにとられてつぶやいた。

リキは羽毛や血が散乱した雪面に、しきりに鼻を突っ込んでいる。

滝沢がゆっくりと腰をかがめ、雪の上に散乱した羽毛のひとつを指先でつまんで、顔の前に持っていく。進藤の視線がそれに注がれた。

間違いなかった。

「ライチョウだ……雛《ひな》まで食われている」

つらそうな声で、滝沢がそういった。

横殴りの風雪がだんだんと強くなっていた。

進藤と滝沢は足跡をたどって、間ノ岳手前まで来ていたが、降りしきる雪が地上に積もり、その痕跡をどんどん隠していく。

前方をゆくリキは、どんなに吹雪が荒れようとも行く気満々のようだが、大粒の雪をかぶって、小さな雪だるまのようになっている。人間ふたりとて同じ。

これ以上の追跡はさすがに限界だった。

「引き返すしかなさそうだ」

風音の中で進藤がいうと、滝沢がだまって頷いた。

進藤はザックのショルダーベルトのホルダーから、防水のトランシーバーを抜き出した。

規定のチャンネルに合わせて、ＰＴＴボタンを押す。

「現場の進藤から本署地域課へ。どなたか取れますか？」

雑音がして、杉坂副隊長の声が返ってきた。

――本署から進藤隊員。杉坂です。山は荒れ模様のようですが、そちらの状況はいかがですか？

「ライチョウの食害現場から、間ノ岳方面に向かって一時間ばかりのところです。雪と風がかなり強くなってきて、これ以上の追跡は無理と判断。北岳山荘まで引き返して、冬季避難小屋に入ります」

――杉坂、諒解《りょうかい》しました。明日には天気が回復するようです。今夜は山荘でゆっくり休養してください。

「ありがとうございます。以上、連絡終わります」

トランシーバーをホルダーに仕舞うと、進藤はリキを指笛で呼び寄せた。

吹雪の向こうに見えなくなっていた川上犬は、それを聞くなり、すばやく走って戻ってくる。呼び戻しは作業犬の基本中の基本である。

「今日は撤退だ、リキ。明日に期待しよう」

そういいながら、進藤は滝沢とともに来た道を引き返し始めた。

リキは名残《なごり》惜しげな様子で、後ろを振り返りつつ、ふたりについて歩き出す。

北岳山荘の間近に到達する頃には、風速十五メートル以上に達していた。

ときおりかがみ込んで耐風姿勢を取らねば、吹き飛ばされてしまうほどだった。しかも大粒の雪が石礫《いしつぶて》のように体を直撃する。

進藤はリキを抱き上げて風雪からかばいながら、体を傾がせて歩き続けた。

滝沢も無言であとに続く。

すぐそこに山荘の赤い屋根が見えるのに、なかなか近づかない。そんな経験は初めてではないが、ここまで苛酷な試練に耐えながら山を歩くことはめったにない。

ようやく山荘の入口前に到着し、そのまま北側に回り込んだ。外階段を苦労しながら伝って登ると、踊り場の手すりに〈北岳山荘　冬期小屋　入口〉と看板がかかっていてホッとする。

スチール製の引き戸の把手《とって》に手を掛けて開いた。

ふたりと一頭が、文字通り中に転がり込んだ。彼らとともに外の風雪がすさまじい勢いで屋内に吹き込んでくる。急いで滝沢が両手で引き戸を閉じたとたん、吹雪の音が嘘《うそ》のように小さくなった。

ふたりはホッとして思わず目を合わせた。どちらの顔にも雪が氷になって大量に付着している。

リキの被毛も白くガチガチに凍り付いて毛羽立っていた。

それを激しい胴震いで飛ばしたが、飛ばしきれない。

滝沢が銃を壁に立てかけ、進藤がリキの被毛の雪をはたき落とすのを手伝ってくれた。

ふたりしてザックを下ろし、頭をすっぽりと覆っていたフードを脱ぐ。

進藤は分厚い防水グローブを取って素手にハアッと息を吐きかけた。小屋の中とはいえ、室温は零度以下である。ふたりとも真っ白な呼気が口から洩れている。

冬季避難用に指定されている部屋の扉を開いた。

中に踏み込んだとたん、進藤と滝沢が棒立ちになった。

部屋の片隅に人が横たわっていた。

それを見てリキが少し唸った。

人を見ても吼《ほ》えたり威嚇したりしないのが救助犬の基本だ。それなのに、いったいどうしたことだろうかと進藤は驚いた。

しゃがみ込んで、リキの背中を軽く叩いて落ち着かせた。

また立ち上がって、彼は見た。

紺色のゴアテックスらしい防寒ジャケットに灰色の登山ズボンの大柄な男性が、胎児のように体を丸くして横になっている。眠っているのか、目を閉じたまま動かない。奇妙なことに、ジャケットもズボンも体型に合っていない。ジャケットは小さく、ズボンの裾からすね毛が生えた白い足の皮膚が見えていた。本人のものとはとても思えない。

しかも周囲にザックなどの荷物がなく、明らかに山にふさわしくないローカットの運動靴が、乱雑に脱ぎ捨ててあるきりだ。

「大丈夫ですか！」

進藤が声をかけて、男の横に膝を落とした。

ブロンドの髪を短くカットし、鼻梁の高い顔は白人男性だった。年齢は四十代半ばぐらいだろうか。血の気を失った真っ青な容貌《ようぼう》で口を引き結んだように閉じている。どこかで転んだのか、額や頬に擦り傷のようなものがあり、血が乾いてこびりついていた。

「Hey, are you OK?」

進藤が英語で呼びかけてみたが、反応がない。

呼吸がかなり浅かった。額に手を当てるとかすかに体温がある。首筋で脈も取れた。さいわい不整脈はないが、手を握ると氷のように冷たい。

「謙一くん。低体温症だ」

進藤がいうと、滝沢はすぐにザックからタオルケットや着替えを取り出した。

ふたりは男性の衣服を脱がし、下着にした。乾いた衣類を着せてやる。その間、ふたりは手足のマッサージを続けた。白人男性はまったく意識を取り戻さなかった。

四肢を調べ、頭を打った形跡がないかなど、たんねんにチェックする。とくに異常なし。擦り傷のような顔の傷だけだ。

進藤はリキを見た。

まだ緊張しているようで、表情が落ち着かない。

部屋の納戸に毛布と布団があるので、それを引っ張りだし、白人男性をそっと仰向けに寝かせた。滝沢がガスストーブやコッヘルを取り出し、湯を沸かした。それをプラティパスのウォーターバッグふたつに注ぎ、どちらもきっちりと蓋をする。湯たんぽ代わりにタオルでそれをくるんで、脇の下に挟む。

進藤も自分のプラティパスに湯を注ぎ、白人男性の鼠径部《そけいぶ》にあてがった。

それから毛布と布団をかけてやる。

ひと通りの処置をすませて、ふたりはとりあえずホッとする。

「やれることはやりました。あとは本人の回復力次第です」

滝沢がいい、ようやくジャケットを脱ぎ、スパイクブーツを脱ぎ取った。三重履きにしていた靴下を脱いで、冷え切って白くなった足先を手でもみほぐす。それから、濡れた髪や顔などをタオルで拭き、ダウンジャケットをはおった。

進藤も濡れた上着や衣類を脱いで着替えた。

ガスストーブでまた湯を沸かし、沸騰したところでコンソメの顆粒とドライフードの肉野菜を少し入れ、スープにしてかき混ぜる。それを滝沢とふたりで湯気を吹きながらすすった。ようやく人心地がついてきた。

ふたりは昏々《こんこん》と眠り続ける白人男性を見つめた。

「何者でしょうね」と、滝沢がつぶやく。

進藤も答えようがない。

北岳に外国人は珍しくないのだが、何しろ衣類がまったく体にフィットしていないし、ザックなどもないから、ふつうの登山者だとはとても思えない。だったとしたら、いったい何のために、この冬山にいるのだろうか。

それにリキの反応も気になった。

「意識が戻るまで待つしかないだろうね」

そういって進藤は傍らに伏せているリキの頭を撫《な》でた。それから、床に転がしてあったザックのホルダーからトランシーバーを引っ張り出した。

10

南アルプス警察署の大会議室。

薄暗い空間の一角、長テーブルに向かって座った星野夏実が頰杖を突き、俯《うつむ》いている。

その隣の椅子に同僚の深町敬仁が座っていた。ともに制服姿である。

室内には他に誰の姿もない。

背後の窓に下りたブラインドが、日没の残照でわずかに明るい。すでに時刻は午後五時を回っている。

「やっぱり、捕殺ですか」

か細い声で夏実がいった。

その悲しげな横顔を深町が見つめている。

「人的被害にくわえて、特別天然記念物のライチョウまで……こうなるともう、仕方ないことだと思う」

「濡れ衣ということはないでしょうか」

「進藤隊員の報告だと、やっぱりそれはないと思う。ライチョウの羽根や血が派手に散らばった雪の上に、あれの足跡が複数、くっきりと残ってた。他に動物の痕跡《こんせき》らしきものはない。やはり、ライチョウの親子は食べられたとみるのが自然だよ」

「罠《わな》で捕獲はダメなんでしょうか」

「何しろ場所が広すぎるから、箱罠を仕掛けてもすぐに見破られるだろうし、くくり罠をかけるには獣道が判然としない。いずれにしても、不明生物の詳しい生態がわからないかぎり、罠での捕獲はあまり有効ではないと思う」

深町は口をつぐんでから、こういった。「――これ以上、あれを放置すれば、北岳の生態系にどれだけの影響を及ぼすかわからないんだ」

「もしもサルとかツキノワグマだったりしたら、ここまでの騒ぎにはならなかったですよね」

夏実は深町の顔を見た。それからいった。

「たしかに、もともと麓《ふもと》の自然環境の中に棲息していた動物だったら、捕獲して別の場所で放獣する手段もありだったかもしれない。しかし、あれはいわゆる外来種だから——」

「外来種だから、ダメなんですか」

言葉の途中で夏実がいった。

「いや。そういうわけじゃないが……」

深町が言葉を濁した。「つまり生態がはっきりしない上に、やはり危険だということで、捕殺の許可が下りたのだと思う。だけどな、あくまでもその是非の判断は、現場の進藤隊員と滝沢さんに委ねられているんだ。ここはふたりを信じてもいいんじゃないか」

「そうですね」

夏実がいって、軽く唇を噛《か》んだ。

「君の気持ちはよくわかる」

深町の言葉に、夏実が顔を上げる。

メタルフレームの眼鏡の奥から、優しげなまなざしが彼女に注がれていた。

「君がそんなことをいうのは、たんなる同情じゃないんだろ？　もしかして、何か見えてるんじゃないのか」

「見える……というか、伝わってくるんです」

「どんなふうに？」

「孤独感とか不安みたいな、そんな感情です」

「それが今、君に憑《つ》いてるのか」

夏実がはっきりと頷《うなず》いた。

「深町さん……」

そういって、すがりつくような目で彼の手を取った。

温かな手が握り返してきた。ふたりは並んで座ったまま、静かに指を絡め合い、目と目を合わせていた。

だしぬけに大会議室の扉が乱暴に開かれた。

夏実と深町はあわてて互いの手を離した。

――星野先輩！　ここにいたんですか！

大あわてで飛び込んできたのは曾我野誠だった。

ふたりの前に立ち止まって汗を拭《ぬぐ》った。「あれ、深町先輩も？」

深町が席を立ち、わざとらしく咳払《せきばら》いをし、いった。

「どうした？」

曾我野は一瞬、ポカンとした様子で立っていたが、気を取り直していった。

「地域防災交流センターでの討議が間もなく始まります。星野先輩はそろそろ向かってください」

「わかったわ」

夏実がいい、一瞬、深町の顔を見てから、曾我野に続いて大会議室を出た。

南アルプス市地域防災交流センター二階の会議室に、長テーブルがコの字に並べられ、大勢の男女が椅子に座って書類を前に話し合いをしていた。

議題は〈北岳に出没する不明生物に関する討議〉である。

正面の長テーブルに座っているのは、県防災危機管理課から来た次長、参事および主幹。いずれも四十代男性である。その左右にそれぞれ県警と公安委員会、観光文化政策課、林政総務課、中北林務環境事務所などの職員らが並ぶ。

南アルプス市の職員や南アルプス署の警察官は、それぞれ左右の列にいた。

地域課からは沢井課長を筆頭に、杉坂知幸と星野夏実が列席している。

杉坂は救助隊副隊長として参加したが、夏実は自発的に申し出た。不明生物に関して行政がどういった視点を持つかを、個人的に知りたかったためである。

本日、午後になって甲南大学理学部生物学研究室から連絡が市に入り、白根御池小屋で採取された体毛を分析したところ、やはり類人猿の一種だと思われるという結果が送られてきた。ただし、具体的な種は不明で、それを明らかにするためには、DNA単位での精密検査が必要となり、さらに時間がかかるという。

その甲南大生物学研究室から、教授と学生が二名会議に出席している。

彼らの報告のあと、一同がしばし沈黙していた。

——説明を加えさせていただきますが、類人猿というのは人に似た形態を持つサル目、すなわちゴリラやオランウータンのような霊長類をいいますが、大型類人猿の多くはすでに絶滅危惧《きぐ》種であり、またきわめて稀少な種類のサルもいるということで、今回の不明生物に関していえば、基本的に保護するべきだというのが私たちの意見であります。

髭面の教授がいうと、また沈黙が流れた。

誰かが咳払いをした。

——不明生物の正体がサルであろうが、クマであろうが、報告を見るかぎりは危険であることには変わりがないわけでして、やはり保護や捕獲はリスクが大きすぎるのではないでしょうかね。

そういったのは防災危機管理課参事だった。眼鏡をかけた小太りの男性だ。

中北林務環境事務所から来た中年の男性職員がすっと手を挙げる。

——見通しが悪い森の中ならともかく、森林限界より上という、開けた場所で罠をかけても、そう易々と入ってくれるはずがありませんし、捕獲は極めて困難だと思います。

すると大学教授がこういった。

——麻酔銃などを使う方法は？

――お言葉ですが、麻酔銃は射程が短いため、かなりの至近距離から使用しないと無意味です。それに相手の正体がわからないから、麻酔の薬量などの判断が難しく、効果がなかったり、あるいは逆に薬量が多すぎて致死させてしまう可能性もあります。なにしろ相手は特別天然記念物のライチョウを捕食している奴です。駆除は当然のことじゃないでしょうかね。

中北林務の職員が不機嫌な顔でそういう。

大学教授は眉間に皺《しわ》を刻み、ふうっと吐息を投げて腕組みをした。

――捕獲にしろ駆除にしろ、ともかくぐずぐずしていると、被害が増えるかもしれないし、それが里に下りてこないという保証もない。なんとか早急に手を打たないといけませんな。

防災危機管理課参事官がいった。

次に、公安委員会の初老の職員が手を挙げた。

――今が登山シーズンではなく、冬山だったことが幸いだと思います。ただねえ、現状、北岳方面への入山規制が敷かれておりますが、いつまでも封鎖しておくわけにもいきませんし――。

――まあ、駆除さえできれば何の問題もないと思われますが。

中北林務の職員がいう。あくまでも駆除にこだわっているようだ。

――あの。

遠慮がちにいったのは、観光文化政策課の男だ。丸顔で額が禿《は》げ上がっている。

――もしも……ですが、かの不明生物がですね。いわゆる珍獣の類《たぐ》いですと、安易な射殺は世論の批判を浴びる可能性もあります。大学の先生がたからも保護ができないかという声もあるわけですし、ここはちょっとお待ちいただけませんか。

――しかしですね。環境省からの許可が下りて、すでに駆除を前提とした人員が現地に入っているわけでして。いまさらねえ。

県警本部生活安全部参事官であるガッシリした男性がそういった。

観光文化政策課の職員が、また小さく手を挙げた。

――実をもうしますと、うちの課では、この騒ぎをなんとか観光誘致に使えないかと積極的な意見が出ているんです。地方再生の起爆剤になるのではないかということですが。

――不明生物を観光資源に利用するというのですか？

県防災危機管理課の職員が驚いてそう訊いた。

彼は頷き、手元にあったコピー用紙を持ち上げてみせた。

そこにはコミカライズされた不明生物のイラストが描かれ、タイトルがこう読めた。

《雪男に会える!? 南アルプス市》

——つまり……それを我が市のマスコットにするという企画なんですが。

会場がざわついた。

——本事項に関しまして、この生き物の愛称を市民に公募してみては、というアイデアも出ているところです。

——あ、愛称……ですか。

あきれ顔で公安委員会の職員が訊いた。

——はい。たとえば北岳だから〝キタゴン〟とか、それに〝ナンプラー〟とかですね。そんな感じです。

——どうして〝ナンプラー〟なんです？

——南アルプス市の略称を〝南《なん》プス〟って呼ぶこともありますから。まあ、いちおう、その、いくつかの例としまして、そんなことを考えてみたわけであります。

県防災危機管理課の男は眉根を寄せて、腕組みをした。

――まあ、たしかに名前というか、名称はあったほうが何かと便利かと……。

さすがに耐えられなくなった。

夏実はだまって椅子を引いて立ち上がった。隣に座る杉坂が驚いて振り向く。

「星野……？」

かまわず会議室から出て行く。

周囲の長テーブルに座る何人かの目が向いたが、かまわなかった。出入り口でペコリと頭を下げると、ドアを開き、外の通路に出た。

冷たい壁に背中をもたせ、肩を上下させ、深呼吸をする。

高まっていた感情をゆっくりと抑えた。

どうしてこんなに怒りがこみ上げてくるのだろうかと思った。最前の会議室での会話。大学教授たちはともかく、県や市の職員らの会話には我慢がならなかった。それを聞いているときに、夏実の脳裡《のうり》に浮かんだ言葉は、「責任逃れ」や「他人事《ひとごと》」である。あげく、観光立地のマスコットにしてしまおうという浅はかさには、さすがに開いた口が塞《ふさ》がらなかった。

ドアが開き、会議室から杉坂が姿を現した。

「どうした、星野。気分でも悪いのか？」

彼女の前に立って、心配そうな顔でいう。

夏実は俯いてから彼を見た。「すみません。ちょっと――」

杉坂はじっと彼女を見ていたが、フッと笑みを洩《も》らした。

「いいんだ。わかるよ、お前の気持ち」

そういって、夏実の肩を軽く叩く。

「……みんな、本当にいい加減なんですね」

「あれが彼らの仕事なんだ」

夏実はしばし考えてから、いった。

「やはり私たちで何とかしませんか。どんな生物であれ、ちゃんと責任を果たせないような人たちの判断に委ねたくないんです」

杉坂は少し考えてから、こういった。

「とにかく、北岳に進藤隊員たちが入ってる。彼らからの報告を待つことだ」

そのとき、彼のズボンのポケットでスマートフォンが振動する音がした。

杉坂が取り出し、液晶を見る。

「本署からだ」

そういって耳に当てた。

「もしもし――？」

しばし向こうの声を聞いていた杉坂は、「諒解しました」と、ひと言返すと、通話を切った。そして夏実に向かっていった。

「進藤隊員と滝沢さんが、宿泊のために立ち寄った北岳山荘の冬季避難小屋で、遭難者を発見したらしい。外国人で、それが……どうも、登山者ではないということだ」

「どういうことですか」

「明らかに服装が本人のものじゃないっていうんだ」

夏実はあっけにとられたまま、杉坂の顔を凝視した。

11

トヨタ・ハイエースの運転席で煙草《たばこ》を吸っていると、遠くから車のエンジン音が聞こえてきた。

川辺三郎はくわえ煙草のまま、ドアを開き、外に出た。

夕刻前から雪がちらついていたが、だんだんと本降りになっていた。

暗くなりかけた林道をヘッドライトが近づいてくる。

やがて、それは木立の向こうから姿を現した。黒塗りの軽トラ。間違いなく小尾達明のものだ。

川辺の目の前に停まり、運転席のドアが開いて小尾が出てきた。

「本当に行くのかい。親方にこっぴどく叱られるぞ」

小尾にいわれて、川辺が眉を上げた。短くなった煙草を足元に落とし、靴底で踏みつけた。「勝俣の親方だって、名を上げりゃ、いやでも認めてくれるさ。だからお前だってこうして来たんだろ?」

「金が、いるだよ」

しぶしぶといったふうに小尾がつぶやくのを見て、川辺がニヤリと笑う。

「だろうな」

「だども、ゲートの鍵がなきゃ、どうにもなんねえだ」

すると川辺は、ポケットから合鍵を取り出して見せた。

「ほれ。若松《わかまつ》建設のボンクラ息子から借りてきた」

彼がいう若松建設とは、南アルプス林道の補修工事を請け負っている地元の土木建築業者だ。

「ちゃっかりしとんなあ、義兄貴《あにき》も」

あきれ顔でいう小尾に向かって、川辺は薄笑いをしてみせた。

「広河原の手前まで行ってから、明け方まで待つ」

「車中泊かい。寒いじゃねえか」

「心配するなって。寝袋をふたりぶん、持ってきてある。酒もたんまりな」

小尾は相変わらずあきれた顔だったが、ふいに相好《そうごう》を崩した。

「実はそうかと思ってよ。ツマミにシカ肉の燻製、持ってきた」

「そっちこそ、ちゃっかりしとるが」

小尾は自分の軽トラから荷物を下ろし、川辺のハイエースに積み込んだ。

助手席に乗り、川辺の運転で出発する。

ゲートを合鍵で開けると、しばらく林道を走らせ、やがて前方に見えてきた夜叉神トンネルの手前で、ふたたびハイエースを停止させる。

トンネル入口には焦げ茶色のシャッターが下ろされているが、それも合鍵で開けた。

長いトンネルを抜けると、向こう側の南アルプス林道へと彼らの車は出ていた。


広河原手前の路側帯にハイエースを停めた。

午後六時を回って、辺りはすっかり闇に閉ざされている。周囲には大型のフォークリフトやパワーショベルなどの工事車輌が置かれているだけだった。それらに雪が降り積もり、あらゆるものが白く統一されて見えた。

「いっけね。ゲートとトンネルの鍵をかけとくのを忘れた」

ステアリングから手を離して、川辺が頭を掻《か》いた。

「まあ、いいじゃんね。どうせまた戻ってくるんだから」

そういった小尾を見て川辺が笑う。

「そうだな」

ふたりはカーゴスペースで、手際よく酒宴の準備をした。

ガスストーブで湯を沸かし、銚子を浸《つ》けて熱燗《あつかん》にする。シカ肉を歯で食いちぎりながら、紙コップに受けた酒をあおった。

ルーフには小さなライトを吊るし、照明代わりにしている。

そのうちに、ふたりは酩酊《めいてい》してきた。

「義兄貴。北岳のことはよく知ってんのかい」

「当たり前だ。何度となく、ここに来てるさ」

川辺は嘘をつく。

本当は三〇〇〇メートル級の山になんか登ったことなどない。しかし、正直をいえば、小尾が臆してしまうだろう。だからそういうしかなかった。

ルートは地図を見て、頭に叩き込んでいる。だからおそらく大丈夫だ。

「――それで、そのエテ公な。どうやって獲《と》るんだい」

赤ら顔で小尾が訊ねた。

いつしか、その〝生き物〟のことを、彼らはそう呼ぶようになっていた。

川辺はニヤッと笑う。

「おめえのライフルがありゃ、なんとかなる。自慢のイチモツだろうがよ」

小尾が頷いた。まんざらいやでもなさそうだ。

「見せてみろ」

いわれて小尾は、ひとつ前の座席に横向きに置いていた銃のソフトケースを引っ張り出すと、ジッパーを開いた。中のウレタンに横たわっていたのは、木目が美しいウッドストックがついたライフル銃である。大きなスコープが装着されている。

川辺はそれをつかみ、肩付けしてかまえた。何度もボルトを前後させ、トリガーを引いて空撃ちする。

「豊和工業のM1500だな」

口径は七ミリ・レミントンマグナム。国産ライフルでは最強の一挺《ちょう》といわれる。

「こいつで一発食らわせりゃ、どんなにでかいエテ公も頭が吹っ飛ぶさ」

そういって、川辺はライフルを小尾に戻した。

紙コップをぐいっとあおって飲み干し、また銚子から注ぐ。

「だけんども、謙一たちが昨日から北岳に入っとるが。先を越されちゃ、元も子もないずら？」

小尾の言葉に、川辺は鼻で笑ってみせる。

「あの若造に獲物を仕留める腕はねえ」

「去年の射撃大会じゃ準優勝だっただよ」

いわれて川辺が顔をしかめた。

「射撃場と山の猟場とじゃ、比べものになんねえだ。猟つうもんは経験ずら？」

「まあ、そうだども な」

「今に見てろつうこんだ」

そういって川辺はまた紙コップをあおった。

レンタカーのマツダ・デミオを停めて、芝山宏太はエンジンをアイドリングさせたまま、ハンディライトを持って車の外に出た。

雪が降りしきっていた。たちまち髪の毛や衣服が白くなる。

思った通り、夜叉神峠登山口のバス停の向こうに、ゲートのバーが下りている。

《北岳方面入山禁止　南アルプス市》

そう書かれた立て看板が、ライトの光の中で目立っている。

「──しかしまあ……アホちゃうか。俺も」

そう独りごちた。

まさか、本当にここまで来るとは思ってもみなかった。

動機はといえば、単純な衝動が原因だった。マンションの部屋で、マウスやキイボードを操作しながら、いつまでも再生回数が増えないＹｏｕＴｕｂｅの自分の番組を観ているることが莫迦《ばか》らしくなった。

だったら──思い切って何かをするべきだ。そう考えた。

いっそＹｏｕＴｕｂｅｒなんかやめてしまえ。何度もそんなことを思ったが、やはり未練があった。ひとたびつかんだ栄光をみすみす手放すのは、あまりにももったいない。自分がアップロードした動画の再生回数がうなぎ登りに上昇し、人気を博し、多数の視聴者たちに支持される。それは今や生き甲斐だった。

人生、山あり谷あり。だったら、また登ればいいだけのことじゃないか。

ここに来るまでの間、芝山は何度も自分にそういい聞かせてきた。

単調な車のアイドリングの音に包まれながら、彼はフロントガラスの向こうに見えるゲートをにらんでいた。

意を決したようにドアを開き、車の外に出た。

たちまちすさまじいまでの寒さが身を包む。芝山はブルッと体を震わせ、肩をすぼめながら猫背気味にゲートに向かって歩いた。

ここから徒歩となると、登山道入口である鷲ノ住山展望台まで一時間半以上の歩きとなるらしい。

もっともそれは覚悟していたことじゃないか――そう思いながらゲートの前に立ち、ふと違和感に気づいた。

ゲートの南京錠が外れているのである。

誰かがかけ忘れたのか、鎖に引っかけてあるだけだった。

芝山は小さく口笛を吹いた。

南京錠を外してゲートを上げると、車にとって返し、デミオをゆっくりと進ませた。

いったんゲートを抜けた場所に停めて降りると、ふたたびゲートを元通りにしておく。

念のために周囲に目をやるが、当然ながら誰ひとりそこにいるはずもない。

思わず顔がほころんでしまう。

幸先がいいというのは、まさにこのことだと思った。

デミオに乗り込み、アクセルを踏んで発進させた。しかし、いくらも行かないうちに、目の前に夜叉神トンネルの入口が現れる。その手前でブレーキを踏んだ。

冬季は下りているというシャッターが、目いっぱい押し上げられたままだ。

うだるようなアイドリングの音の中、芝山は信じられない思いで、眼前の光景に見入っていた。

ふいにまた笑みが浮かんだ。

「なんてラッキーなんや、俺って」

そうつぶやくと、アクセルを踏み込み、デミオをまた走らせた。

長いトンネルを通り抜けて、向こう側に出た。

しんしんと降りしきる雪のため、視界はほとんど利かなかった。しかし白い紗幕のような雪の向こうに、彼がこれから向かう北岳がある。そのことを思うと、芝山は静かな興奮に突き上げられた。

登山経験はほとんどなかった。

しかし冬山登山の装備は持っていた。

これまで二度ばかり、安西と大葉に誘われて冬山に登ったことがある。いずれも八《や》ヶ岳《つがたけ》だった。

最初のときは好天に恵まれ、最高峰の赤岳《あかだけ》の頂上に立てたが、二度目のときは風雪にさらされてリタイアした。雪馴《ゆきな》れした安西たちはともかく、素人の芝山はさすがに猛吹雪に耐えられなかった。寒さと疲労で完全に足が止まってしまい、ふたりに泣きついてやむなく下山となったのだった。

以来、山に入ったことはない。

今回はあくまでも自発的なものだった。あるいは衝動的というべきか。

目的はもちろんあの〝雪男〟の撮影である。

ほんの一瞬でいい。その姿を動画に捉えることができさえすれば——ただ、その思いだけが頭の中にあった。世間を騒がせている北岳の〝雪男〟を撮影した動画をＹｏｕＴｕｂｅにアップすれば、彼のチャンネルはふたたびランキング入りするだろう。

そのときのことを想像すると、興奮に我を忘れそうになる。

御野立所と書かれた石碑の前に車を停め、しばしエンジンをアイドリングさせせつつ、芝山は自分を落ち着かせようと努力した。

まだ遭遇もしていないのに、〝雪男〟のことばかりを考えていた。もっと現実的思考に立ち返るべきだと自分にいい聞かせる。危険な雪山に踏み込むのだから、気をゆるめていてはいけない。

シフトをパーキングに入れ、サイドブレーキを引き、車内灯を点《つ》けて後部座席に載せていたザックを引っ張り出した。雨蓋《あまぶた》を開けて登山地図を取り出した。ドリンクホルダーに入れていたペットボトルのコーラを飲み、地図を広げる。

北岳の冬山ルートである池山吊尾根への入口は、すぐそこだ。

しかし歩きではなく、幸運にも自動車でここまで来られたのだから、もともとの登山起点である広河原まで行ってもいいのではないかと考えた。

ネットで調べると、池山吊尾根はとにかく長いコースだった。山馴れした登山者でも途中でテント泊をし、頂上を踏んで同じコースを戻り、もう一泊して下山する。何日も山に滞在することを考えて、テントはもちろん食料なども余分に持ってきていたが、やはりここは最短距離で北岳の核心部に行ける広河原からのルートを選ぶべきだろう。

そう決めた芝山は地図を折りたたみ、ザックにしまい込んだ。

アクセルを踏み、デミオを走らせる。

雪道ゆえに運転は慎重を要したが、心は高揚していた。

12

進藤諒大は目を覚ました。

周囲はまだ真っ暗である。

かすかなうめき声がしていた。それで眠りが覚めたのだ。

寝袋のジッパーを開き、上半身を起こす。枕元に置いていたヘッドランプを手探りで取って、スイッチを入れた。

ちょうど隣に寝ていた滝沢謙一も起き出していた。同じようにヘッドランプを点灯した。

部屋の隅、小屋に備え付けの布団にくるんでいたあの外国人が、息を荒くしていた。

思わず滝沢と目を合わし、進藤はすぐに寝袋から出て、そこに行った。滝沢も隣に座り、ヘッドランプの光を遠慮がちに外国人に当ててみる。

満面に脂汗をかいている。眉根を寄せ、ひどく苦しそうだ。

進藤は額にそっと手を当てたが熱はない。むしろ顔全体がひんやりと氷のように冷たい。脈はやや早く打っているようだ。指先にパルスオキシメーターを挟み、血中酸素濃度を測定するが、九七パーセントの正常値の範囲内だった。

「大丈夫だ。悪い夢でも見ているんだろう」

進藤はそういって、肩の力を抜き、笑った。

腕時計のライトを点灯すると、午前五時過ぎだった。夜明けにはまだ一時間もあるが、腹も減っているので起き出すことにした。

滝沢と交代でトイレに行った。外に出ると雪も風も止み、空には星が光っていた。戻ってくると、進藤はコッヘルで湯を沸かし、ドライフードを入れてリゾットを作る。

「どうします？」

滝沢が眠り続ける外国人をちらと見て、いった。

「天候が回復したからヘリを呼ぶよ。それまでに意識が戻ってくれたらいいんだが」

進藤も彼を見ながら、そういった。

ふと、視線のようなものを感じて彼は振り返った。

部屋の片隅に寝ていたリキが首をもたげ、じっと外国人を見つめているのだった。


急傾斜の樹林帯を川辺が登っている。

午前四時過ぎ。まだ周囲は真っ暗だ。だから登山用のヘッドランプを点けて、その淡い光を頼りに歩く。雪に閉ざされた森の急登である。猟銃を肩掛けし、それなりに荷物も重たい。ブーツの中で靴下を三重履きにしているが、それでも雪の冷たさが素足に染みとおってくる。

小尾はかなり遅れていて、ずいぶん下のほうに彼のヘッドランプの光が揺れている。

雪の深さは膝下ぐらいあって、かなり足を取られる。スパイク付きの長靴なのにときおりズルッと滑るから、爪先を雪に蹴《け》り込むキックステップを使う。

太い倒木が前を塞いでいたり、雪溜まりがトレイルをわからなくしているところもある。

立木をつかんだりしがみつくたびに、頭上の枝葉が揺れて雪がパラパラと落ちてくる。頭も肩も真っ白だが、川辺は気にしない——というか、あまりに疲れていてそれどころではなかった。

足を止めて小休止をし、片膝に手を置き、肩を上下させてゼイゼイとあえぐ。

昨夜は飲み過ぎた。

予定通り、午前三時に起床したときは、完全に宿酔《ふつかよい》だった。それでも何とか小尾をたたき起こし、コッヘルで雑炊を作ってかき込んでから、暗い中をふたりで出発した。汗だくで雪の斜面を登っているうちに、だんだんと酒が抜けてきた。けだるさは残っていたが、無理に歩く。

下を見ると、小尾がさらに遅れている。

ずっと眼下に、ヘッドランプの光が小さく揺れている。

猟師として銃の腕はいっぱしだが、いかんせん体力がないのが彼の欠点だ。宴会のときは笑いものになるだけだが、こうして現場にいると、さすがにいらだちがつのってくる。

「タツ！　何やってんだ。早くついてこいや」

いらだちのあまりに怒声を放つ。

小尾が彼のほうを見たらしくヘッドランプの光がこっちに向いたが、すぐにまた俯いたらしい。同じマイペースでゆっくりと登ってくる。そんな姿を見て、川辺は舌打ちをし、また登り続けた。

嶺朋《れいほう》尾根――広河原から北岳に至る登山ルートの中でも、ここは一般の登山地図に載っていない、いわばバリエーションルートである。さすがに長い間、誰もこのルートを通っていなかったらしく、トレイルを踏んだ痕《あと》がまったくなかった。

ときおりヘッドランプが捉えるのは、動物の足跡だ。登山道を右に左に横切っている。唇のような形をしたシカの蹄《ひづめ》。犬のそれによく似た狐の足跡など。

一度は雪上に点々と続くクマの足跡を見つけてギョッとした。

クマは冬の間ずっと穴で眠っていると思っている者が多いが、そうではない。冬眠ではなく、冬ごもりといって、寝穴でうつらうつらしているのだ。だから、腹が減れば食べ物を探しに出てくるし、牝グマは冬眠の間に仔《こ》を産むからなおさらだ。

クマに関していえば、一度、心底怖い目に遭ったことがある。

イノシシを狙《ねら》った犬連れの単独猟だった。沢伝いに谷を遡上《そじょう》し、イノシシの足跡を見つけて斜面を登っているとき、たまたまクマの寝穴を見つけた。川辺は迷わず狙いを替えた。猟師にとってクマはトロフィーである。

そのとき肩掛けしていたのは散弾銃だったが、さいわい一粒弾（スラッグ）を何発か持ってきていたので、散弾を抜いて込め直した。

銃をかまえながら穴に近づいているとき、ふいにすぐ近くにクマの足跡を見つけた。それも真新しいものだった。

あっと思った瞬間、すぐ近くの木立の中から真っ黒な大グマが飛び出してきた。

彼とクマの間に犬がいた。六歳の牡の甲斐犬《かいけん》だったが、ひとたまりもなかった。果敢に吼《ほ》える犬を、クマは前肢でひと薙《な》ぎにした。純白の雪に大量の血が散って、彼の犬は立木に叩きつけられて横たわった。

驚いて尻餅をついたとたん、銃が暴発した。

弾丸はクマをかすめ、近くに生えていたヤマグリの幹に命中した。しかもろくにかまえずに発砲したものだから、次弾が装塡不良となり、ボルトと薬室の隙間《すきま》に斜めになって挟まっていた。

川辺はそれを抜く余裕もなかった。

彼が命拾いしたのは、至近距離からの銃声でクマがビビったからだ。川辺の犬を叩き殺したときの殺気が消えて、明らかに臆病な表情になっていた。小さな目で左右に視線を配ったかと思うと、クマはすさまじいスピードで斜面を駆け下り、谷へと下っていった。

それから長い間、川辺は雪の中に尻餅をついた格好で硬直していた。

股《また》の間がやけに生温かい。見れば、ズボンが濃く湿ってかすかに湯気が立ち、アンモニア臭が鼻を突いた。無意識に失禁していたことにやっと気づいた。

ようやく我に返り、立ち上がろうとしたが、なかなか力が入らない。何とか膝を折って立木にすがるように立った。薬室に挟まっていた実包を抜いて装塡し直すと、周囲に注意を配り、それから犬を見に行った。

川辺の猟犬は即死だった。

横腹がえぐれて内臓が露出し、口から大量の血を吐いていた。

後日、彼は猟仲間に幾度か〝大グマを仕留め損なった話〟をしたが、犬が殺されたことや、自分が失禁した事実はもちろん誰にも明かさなかった。それればかりか、彼は二度とあの森には近づかなかった。

小尾のヘッドランプの光が背後に見えなくなるたび、川辺は立ち止まり、彼が追いつくのを待った。

苛立《いらだ》ってはいたが、あまり距離を開けると相棒が誤って獣道に踏み込んでしまう可能性もあった。ともに同年齢で、三十年近く猟をしているのに、小尾はいつまでたっても山の歩き方を覚えない。そもそもそういうセンスを持ち合わせないのだろう。

それでも今回、彼を連れてきたのは、なんとしてもライフル銃が必要だったからだ。

川辺の散弾銃は一粒弾でも最大百メートル程度の射程距離だが、ライフルならその五倍以上の距離で狙うことができる。未知の獣を相手にするには、とにかく距離を開けて仕留めねばならない。

ようやく小尾が追いついてきた。

膝に両手を当てて、ゼイゼイと肩を上下させている。口から白く呼気が洩れていた。

「義兄貴。この道でいいのけ」

あえぎながらそういった。

川辺は鼻を鳴らして笑う。「いいに決まってら」

「本当に何度もここに来てんだな？　この山、知ってっだな？」

「当たり前ずら？　とっとと行くぞ」

吐き捨てるようにいい、川辺が歩き出し、小尾がよろよろと続く。

ようやく森林限界に近づいたらしく、周囲の立木が低くなってきた。

広河原から登り始めてすでに三時間以上が経過していた。

そろそろ夜明けだった。明るくなり始めた空は雲ひとつなく晴れ渡っていた。

樹木が少なくなると、そのぶん足元の積雪が深くなる。ところどころ膝上まであって、防寒グローブをつけた両手で雪をかくラッセルを強いられた。数メートル進んでは休み、小尾が追いついてきたので代わりをやらせた。

彼は不平ひとついわない。いや、いうだけの気力がないのだろう。のろのろとした動作で、汗だくで雪をかいている。明らかにここに来たことを後悔しているのがわかる。

小尾は義兄には逆らえなかった。川辺からはかなりの借財もあった。競馬や競輪などのギャンブル好きが高じて大損をし、ついに経営していた葡萄《ぶどう》農園を手放さねばならなくなったとき、川辺からかなりの額の援助をしてもらったのだった。

一時間と少しで、ふたりは池山吊尾根の稜線にたどり着いた。

忽然《こつぜん》と視界が開けていた。

ちょうど東の山嶺《さんれい》の上に太陽が顔を出し、周囲の雪はまばゆいほどに輝いている。

ボーコン沢ノ頭と呼ばれている場所だ。冬山ルートでは人気スポットだというだけあって、朝陽を受けた北岳の大岩壁バットレスが、眼前に迫るように見えている。

ふたりはその迫力にしばし我を忘れて見とれた。

ともに低山で猟をするが、こんな場所まで来たのはもちろん初めてである。

「タツ。あそこが俺っちの猟場だ」

そういって北岳を指さすと、川辺は無精髭を歪《ゆが》めて笑った。


午前七時過ぎに本署に無線連絡を入れた。

県警ヘリ〈はやて〉はすでに市川三郷《いちかわみさと》のヘリポートでスタンバイをしているという報告。納富たちは昨日のうちに進藤からの連絡を受けていて、天候の回復を待っていてくれたようだ。進藤は可能な限りの早いフライトを要請し、無線を切った。

昨日の悪天が嘘のような晴れ日である。しかし、雲の流れが速く、風が強い。北風がゴウッと音を立てて地表の雪を巻き上げるたび、視界がガスのように閉ざされてしまう。

鉄の階段を上って冬季避難小屋の部屋に戻ると、例の外国人は布団の中で仰向けになっていたが、目を開いているのに気づいた。

滝沢が振り向いた。

「今し方、意識が戻りました。でも……」

「でも？」

彼は頷き、いった。「状況を何も憶えていないようです」

進藤は神妙な顔になり、外国人の横に座った。

少し怯《おび》えたような表情で、青い目が進藤を見上げている。額や頬の傷は乾いていた。血は昨日のうちにアルコールで拭《ぬぐ》っておいたが、傷が塞がったらしく、それきり出血はない。

「What's your name?」

そう訊ねると、彼はわずかに視線を泳がせ、小さく首を振った。

「Where are you from?」

やはり小さく首を振る。英語は通じているようだ。しかし——。

進藤は傍らにいる滝沢を見た。

「まさか、記憶喪失？」

彼はかすかに眉間に皺を寄せて、頷いた。「そのようですね」

おそらく英語圏の国籍か、英語を理解する人間なのだろう。しかし、どのような事情で、この北岳にいるのか。

体にフィットしていない登山服のことを思い出した。彼自身のものでないとすれば、誰か他の人間が着用していた衣類だということになるが——。

「Did you meet anyone else at this mountain?」

進藤の質問に、男は虚ろな表情をしながら目を泳がせ、やがてまた首を振った。

彼が部屋の片隅にいるリキを見ていることに気づいた。

少し怯えたような目だ。

「It's OK. He's a mountain rescue dog」

進藤がいうと、彼は少し安堵《あんど》したようだ。

青空の彼方から、パタパタというブレードスラップ音が聞こえてきた。

北岳山荘の外に立っている進藤の目に、東の空からやってくるヘリの機影が小さく見え始めていた。爆音がだんだんと近づき、高まってくる。

向こうからはすでにこっちが見えているはずだが、進藤は両手を高く上げて左右に振る。

要救助者の外国人はしっかりと自力歩行ができないため、ふたりでサポートしながら階段を下り、ヘリのランディングポイントまで移動していた。

外国人は相変わらず虚ろな表情で、進藤たちに支えられて立っている。

県警ヘリ〈はやて〉がまっすぐ近づいてきた。

あっという間に頭上にさしかかると、ダウンウォッシュの強烈な風圧が襲ってくる。

周囲の大地が雪煙を派手に巻き上げた。

ヘリの着地は追い風を避ける。風は北から吹いているため、ややそちら向きに機種を転じつつ、〈はやて〉はランディングポイントにゆっくりと着地した。スキッドが接地した瞬間、キャビンのドアがスライドし、ヘルメットをかぶった飯室整備士が飛び降りた。

「ご苦労様です！」

進藤は敬礼を送り、滝沢とともに要救助者を連れてヘリに向かって歩く。

飯室がふたりを補助し、キャビンからは的《まと》場《ば》功《いさお》副操縦士が身を乗り出して、要救助者を機内に引っ張り込んだ。すかさず飯室が乗り込む。

進藤と滝沢は横並びに立ち、ふたりの前にリキがいて、ヘリの上昇を見送った。

キャビンドアを閉じて、〈はやて〉が機体を斜めに傾げながら旋回し、東の方角へと機首を転じた。そのまま飛び去っていく。爆音が次第に遠ざかっていく。

「やはり、想像してしまいますね」

滝沢がポツリといったので、進藤は彼を見た。

「何を、だ？」

「あの〝要救〟が例の〝雪男〟と関係あるんじゃないかって」

「たまたま同じ場所に居合わせたんじゃないのか」

「どう見ても登山者っぽくない外国人ですよ。どちらも常軌を逸してます。結びつけたくなりますよ」

「気持ちはわかるが……」

そういいながら進藤は足元のリキを見下ろす。

ずっと険しい顔をしていた川上犬が、なぜか今は緊張を解いている。垂れていた尻尾が立派な巻尾に戻っているのを見て、彼は少し笑った。

「お前がいちばんわかっていそうだな」

進藤はそういって、リキの頭を撫でた。

13

その日、午前八時。

県警本部通信指令課から、南アルプス署地域課に入電があった。

一一〇番通報による遭難救助の要請である。

通報者は静岡県浜松市在住の女性で、名前は宮内聡子《みやうちさとこ》。北岳に単独行で入った夫の隆久《たかひさ》から、何日も経っているのに連絡がないという。携帯電話での連絡は取れず、捜索の依頼をしてきたのだった。

行方不明者——宮内隆久は四十一歳。中肉中背。着衣等は不明。登山歴十年。ちょうど十日前。奈良田方面から単独で入山し、農鳥岳、間ノ岳と経て、北岳に登頂後、池山吊尾根ルートで下山する予定だった。雪山登山で通常、そのルートなら数日で下山しているはずだ。

しかし妻の聡子は登山をしないし、日頃の山行でもあまり頻繁に連絡を取り合うことがなかった。そのため、救助要請が遅れてしまったらしい。

この日、夏実は非番で女子寮にいたが、署からの連絡が飛び込んできた。不明者の捜索ということで救助犬の出番となったからだ。バロンを連れに来た静奈の車に同乗させてもらい、メイとともに南アルプス署に向かった。

「十日っていうと、まだ北岳の入山規制前ですよね」

夏実の声に、日産エクストレイルのステアリングを握ったまま、静奈が頷く。

「何日も連絡がないっていうのに、奥さんは不審に思わなかったのかしら」

「いつも独りで山に行ってたっていうし、登山に興味のない奥さんなら、山行スケジュールなんて、まるでわからないのかもしれませんね」

「それにしても、昨日の夜中まで、山はひどい吹雪だったし、生還が望めるかしら」

「どこかで雪洞を掘って、寒さをしのいだかもしれません——」

助手席の夏実はそう返したものの、こういうケースの生存率の低さは経験上、よくわかっていた。しかしたとえ低い確率でもいいから、希望にしがみつきたい。

そんな夏実を見て、静奈は優しく笑う。

「ところで、進藤さんたちはまだ現地に？」

夏実に訊かれて静奈が頷いた。

「署から連絡が行ってる。今頃、北岳山荘から間ノ岳方面で捜索に入ってるはずよ」

そんな会話が続く中、ふたりの車は南アルプス署に到着した。

三階の大会議室で杉坂副隊長を中心にメンバーのブリーフィングが行われた。

捜索は通常の冬山登山ルートである池山吊尾根からではなく、広河原から入り、バリエーションルートである嶺朋尾根をたどることになった。行方不明者がいるとおぼしき場所は北岳から間ノ岳に至る尾根筋だと推測されるため、少しでも早くそこにたどり着かねばならないからだ。

今日は天候が安定しているため、ヘリコプターのフライトもできる。

すでに〈はやて〉は一度、別の要救助者搬送のために北岳に飛び、進藤たちから負傷者一名を預かって甲府の病院に運んでいる。

「〈はやて〉は、市川三郷のヘリポートでのテイクオフ準備を終え次第、行方不明者発見のために北岳に向かい、周辺を飛行する予定だ」

杉坂がそういった。「〈K－9〉チームの神崎、星野両隊員は芦安ヘリポートにて救助犬とともに〈はやて〉にピックアップしてもらい、いち早く現地に向かってくれ」

ホワイトボードに貼った大きな山岳地図に、杉坂は太字の赤いペンでルートを記した。

「われわれは夜叉神峠を経て、車で広河原に行き、そこから嶺朋尾根をたどって、ボーコン沢の頭、八本歯経由で北岳に向かう」

ブリーフィングがあわただしく終わると、全員で入山準備を整える。

夏実と静奈は犬たちとともにエクストレイルに搭乗。他のメンバーは杉坂副隊長と深町、関、横森、曾我野の五名。いずれも日産シビリアン――ミニバンを改造した警察車輌に乗り込み、南アルプス署を出発した。

市街地を出て南アルプス街道を遡《さかのぼ》る。

やがて、芦安芦倉の御勅使川を左岸に渡る橋の手前で、静奈が運転するエクストレイルは杉坂たちのシビリアンと別れた。彼らは橋を渡って、そのまま夜叉神峠に向かう。夏実たちはまっすぐ右岸を遡り、川の傍にある原っぱで停車した。

狭い面積だが、ここは専用のヘリポートとなっている。

エクストレイルが停まると、夏実と静奈は下車し、リアゲートからそれぞれの犬たちを引き出した。そうして県警ヘリ〈はやて〉の到来を待った。

夜叉神峠登山口に到着して、ゲートの少し手前に日産シビリアンが停まった。

広い駐車場にはほとんど車がない。

山梨ナンバーの軽トラが一台きりだ。運転席の後ろに長いアンテナを立てているので、狩猟者の車輛だとわかる。この付近で単独猟をしているのかもしれない。

後部ドアを開き、曾我野がひとり降りて、前方を塞ぐゲートに走って行く。

そこで何か異変を見つけたらしく、すぐに車に戻ってきた。

「どうしたんだ」と、杉坂が車内から顔を出し、曾我野に訊ねた。

「ゲートの鍵が開けっぱなしなんですよ」

曾我野が困惑した顔でそういった。

全員で車から降りると、ゲートまで歩いた。

深町はそれを見た。ゲートをロックする場所に南京錠が開いたままぶら下がってい

それをつかんで横森がつぶやいた。

「錠前が壊された様子はないですね。ってことは、誰かが合鍵で開けっぱなしのまま、行ったとか?」

見れば、雪がうっすら積もった林道に、車の轍《わだち》がくっきりと残っている。

「一台……じゃないな。少なくとも二台は通過してる」

轍を確かめながら、深町がつぶやいた。「しかも戻ってきた痕がない」

「横森。すぐに本署に連絡」

「諒解」

杉坂の命令に、横森隊員が車に走った。

「俺たちも行ってみよう」

杉坂の声を合図に、全員がまたシビリアンに乗り込んだ。

ゲートを過ぎ、曾我野が南京錠をロックしてから、また彼らは出発した。

　やがて夜叉神トンネルの前にさしかかる。

　案の定、トンネルの入口を封鎖しているはずのシャッターが開いたままだった。ゲートを開いた人間が、ここもそのままにして行ってしまったのだろう。

「いったいどこのどいつだ」

　ステアリングを握ったまま、横森がいらだたしげにいう。

　シビリアンはトンネルの中にいったん進入し、それから後部座席から降りた曾我野がシャッターを下ろして戻ってきた。バンが出発する。

　長い夜叉神トンネルの中、排気音を轟《とどろ》かせて彼らのバンが走り続けた。ヘッドライトの光が闇を切り裂く。

　フロントガラス越しに前方を見ながら、深町は胸騒ぎを感じていた。

　夜叉神トンネルを抜け、続いて観音経トンネルを抜けて、御野立所の前を通過。

　鷲ノ住山展望台に到着したが、車がどこにも見当たらない。冬山に入る場合、ここが起点のはずなのである。

　彼らのシビリアンは、仕方なく停まらずに通過した。

　夜叉神峠登山口から四十分と少しで広河原に到着した。

ゆるやかな坂道を下って、野呂川広河原インフォメーションセンター前の駐車場に停車する。川の対岸にある広河原山荘も、このインフォメーションセンターも冬季は閉鎖中ゆえに、駐車している車はいない——はずだった。

深町たちはそれぞれのドアを開いて降りた。

すぐ近くに車が二台、やや間隔を空けて停まっている。

一台はややくすんだ白のトヨタ・ハイエース。もう一台は、マツダ・デミオ。ハイエースは山梨ナンバー、デミオは品川ナンバーで、「わ」と読める。レンタカーだ。

曾我野が小さなデジカメで双方の撮影をしていた。

「こっちは猟師らしいですね」

関がハイエースの車内を覗き、いった。深町たちが歩み寄って車窓から中を見る。助手席のダッシュボード上に、明らかに猟友会のものとわかるオレンジと黄色のキャップが置かれていた。車載無線機もかなり本格的で、ルーフに立てられた長いアンテナを見れば一目瞭然《りょうぜん》だった。

後部のカーゴスペースを見ると、上着などの衣類がクシャクシャになって放置され日本酒の一升罎や潰《つぶ》れた紙コップ、つまみ類のビニール袋などが散乱している。昨夜、車内で酒盛りをして車中泊だったのだろう。

地元の猟師ならば、何らかの手段で合鍵を入手し、ゲートを開けた可能性がある。

「しかし、ここら一帯は国立公園のエリアで狩猟は禁止のはずだが――」

杉坂がそうつぶやく。

「もしかして、密猟?」と、曾我野。

「おそらくな」

横森がスマートフォンを取り出し、本署に連絡を入れている。この場所は深い渓谷だから無線が飛ばないが、その代わりＮＴＴが立てたパラボラアンテナがインフォメーションセンターの脇にあるため、携帯電話が通じるのである。

――こっちも見てくれ。

杉坂の声に、深町たちはデミオのほうへと駆け寄った。

車内を覗くと、リアスペースにはきちんとそろえられたスニーカーがあった。他にコンビニのものらしいレジ袋がふたつ。

「靴を履き替えているから、こっちは登山者かもしれませんね」と、横森がいう。

「やはり二台の車は無関係なようだ」

関が腕組みをしてつぶやいた。

「猟師がゲートとトンネルの鍵を開けっぱなしにして、この登山者がこれ幸いと続いて入ってきたということかな」

杉坂がそういった。深町もそうだと思った。

「ちょっとこれを見てください」

関の声に全員が振り向いた。

彼は地面にかがみ込んでいる。そのすぐ前、路面にうっすらと積もった雪に靴痕が点々と続いている。

「猟師らしいふたりは下流に向かってますね」

深町たちは関の近くでそれを確認した。

彼がいったとおり、スパイク靴らしい足跡が二列、インフォメーションセンターから下流側へと点々と続いている。それを追うように目をやると、木立の向こうに白いアーチ橋が見える。

野呂川橋である。

「デミオのドライバーは吊橋のほうへ向かってる」

今度は関の声。

深町たちが見ると、たしかにひとり分の靴痕が川の上流に向かって緩い斜面を登っているのが確認できた。登山靴によくあるビブラムソールの痕だ。もしも本当に登山者だとしたら、吊橋——すなわち広河原橋を渡り、対岸の登山起点から草すべりルートを目指した可能性がある。

つまり二台の車から降りた者たちは、それぞれまったく逆方向へ向かったのだ。

「さて。どうする？」

杉坂が顎《あご》に手を当ててつぶやく。「俺たちは嶺朋尾根ルートから北岳に向かう予定だったが、この時季に草すべり方面に向かった登山者がいるとしたら、やはり捨て置けん事態だな」

厳冬期の草すべりルートは雪崩の多発地帯だからである。

かりに草すべりの急登を選ばず、白根御池小屋から二俣《ふたまた》方面に向かい、大樺沢を伝って登るとしても、バットレスからの雪崩に巻き込まれてしまう。

いずれにしても広河原からの直登ルートは、冬場はかなりのリスクをともなう。それがゆえに、北岳への冬季登山は池山吊尾根がデフォルトのルートとして使われるようになったのだ。

「曾我野。横森とふたりで御池小屋方面に向かってくれるか」

杉坂がいった。「登山者を見つけ次第、何とか引き返してもらうんだ」

「わかりました」

曾我野、横森、両隊員が敬礼した。

ふたりはあわただしく支度を整えると、吊橋方面に向かって走っていく。

「俺たちは予定通り、嶺朋尾根を伝って吊尾根経由で北岳に向かう」

杉坂がいった。「われわれの任務は、あくまでも連絡を受けた不明者の捜索である。しかし状況によっては別の事案が発生する可能性もある。現場で臨機応変に対処することとする」

――諒解！

残った隊員たちが声をそろえ、副隊長に向かって敬礼した。

14

進藤諒大と滝沢謙一は間ノ岳に近い標高三〇〇〇メートルの稜線を歩いていた。

今朝からずっと不明生物の捜索をしていたのだが、本署から無線連絡が入り、行方不明者一名の発見が優先となっていた。

遭難したとおぼしき人物は、浜松から単独で登りに来た宮内隆久、四十一歳。奈良田方面からの入山は十日前だという。

おそらく農鳥岳、間ノ岳を経て、北岳経由で下山ルートにかかる計画だったはずだ。ちょうど進藤たちは間ノ岳付近にいたため、この辺りを重点的に捜索することにした。

昨夜の吹雪のおかげで、稜線上には新しく雪が積もっていて、登山道が埋もれて足跡などの形跡がまったく見えなくなっていた。それでも進藤はリキの鼻を頼りに、尾根沿いをサーチしている。

何しろ臭源がないため、リキの嗅覚をもってしても、不明者の捜索は難航する。

あからさまにルートから逸《そ》れた人の臭いがあれば、そっちに向かうが、たいていはいくらも行かないうちに途中で臭いが消える。景色を撮影するために道を外れたり、立ち小便だったりすることもある。しかしリキはそんなこともおかまいなしに、トレースを続けている。

空はどこまでも晴れ渡っていたが、背後から吹いてくる北風が冷たい。

朝から数時間、ずっと稜線を歩きながら臭跡を探りつづけ、リキもそろそろ疲労の色が見えてきた。舌を垂らしてハアハアとあえいでいる。

ときおり進藤はかがみ込んでリキの背中を軽く叩いて誉《ほ》めてやる。

少し前からヘリの爆音が遠く聞こえていた。

北岳の頂稜周辺を旋回しながら、県警ヘリ〈はやて〉が飛行するのが、小さく見えていた。それからしばらくすると、ヘリは進藤たちのすぐ近くまでやってきた。ふたりは足を止めてヘリに手を振った。

進藤のザックにつけたホルダーから、コールトーンが聞こえた。

素早くトランシーバーを抜き、ＰＴＴボタンを押しながらいった。

「進藤です」

――こちら星野。〈はやて〉からです。そちらの状況はいかがですか？

夏実の声。進藤はゆっくりと旋回するヘリを見上げながらいった。

「尾根伝いに捜索してきましたが、今のところ収穫がありません。手がかりはなし。リキの鼻も臭跡を見つけていません」

――静奈さんとそっちに合流しますか？

「いや」進藤はきっぱりいった。「この辺りは充分にトレースしたので、これ以上の捜索は必要ないと思います。星野、神崎両隊員においては、別のエリアの捜索をお願いします」

――星野。諒解しました。これより、離脱します。以上。

交信を終えて、進藤はトランシーバーをホルダーに戻す。

県警ヘリはちょうど彼らの真正面を横切るように飛行していたが、ふいに機体を少し斜めにしながら旋回し、北に向かって飛行していった。

それから間もなく、ふたりは間ノ岳の山頂を踏んでいた。

ここまでやってきて、行方不明者の痕跡も気配も、まったくつかめなかった。

雪の上に座り込み、進藤は胡座《あぐら》をかいて、リキの背中を撫でた。その隣に滝沢が座り、膝の上に猟銃を横たえた。

ザックを下ろし、水筒から熱いコーヒーをマグカップに注ぎ、滝沢に差し出した。

彼は頭を下げて受け取った。進藤も自分のコーヒーを注いですすった。

空は相変わらず抜けるような青さだったが、眼下に少しガスが湧いていた。目の前のハイマツの斜面から、ホシガラスが雪を散らし、羽音を立てて飛び立っていった。

風はまったくない。何の物音もない、まるでそこは異星の世界のようだった。

「入山して十日か……」

滝沢がつぶやくのが聞こえた。「やはり、難しいですね」

彼も山小屋の管理人を受け継ぐ以前から、この山に馴染《なじ》んでいる。それがゆえに、登山者の遭難事情には詳しい。

「たしかに生存の確率は極めて低い。だが、捜さねばならない」

「もちろんわかってます」

マグカップを両手で包むように持ちながら、滝沢がそういった。

「俺たち救助隊はこの山で遭難した人間の命を守っている。一方、狩猟者は山に棲《す》む生き物の生命を奪っている。いや……どちらがいい悪いの話じゃない。考えてみると、双方の根底にあるものは同じなのかもしれない」

　滝沢は黙って景色を眺めていたが、ふいに進藤を見た。

「命の意味、ですか」

「君たち猟師が獣を撃つ。それはいたずらに相手の生命を奪うのではなく、自分たちが生きていくためにやってることだ。だとすれば、われわれの山岳救助も同じだ。大事なのは、山を穢《けが》さないということだ」

「そうですね。いつも肝に銘じています」

　そのとき、進藤のザックのホルダーの中で、トランシーバーがコールトーンを放った。

　彼はそれを引き抜いた。液晶画面には救助隊規定のチャンネルが表示されている。

「こちら進藤。間ノ岳の山頂です」

――本隊、深町です。現在、広河原から嶺朋尾根沿いに登っているところです。夜叉神のゲートが開かれていて、車が二台、広河原に停車していました。一台は登山者のものですが、もう一台はハンターです。われわれが踏み込んだ嶺朋ルートに、ふたりのものらしい足跡が先行しているのを確認しています。

通常、嶺朋尾根に狩猟者が踏み込むことは考えられない。なぜなら、そこは国立公園のまっただ中だからだ。

「ハンターというのは、たしかなんですか」

――車内を確認しました。車はトヨタのハイエースでボディは白。ナンバーは……。

「川辺さんの車だと思います。だとしたら、もうひとりは小尾さんだ」

滝沢がいったので、進藤は驚いた。

「同じ分会のハンターか。なぜだ?」

滝沢は頷いた。

「われわれと同じ相手を標的にするつもりなんでしょう」

「まさか……」

「分会でもとりわけ血気にはやっているふたりです」

滝沢の顔を見ながら、進藤はあっけにとられた。

八本歯の難所はさすがに肝を冷やした。

左右が切れ落ちた痩《や》せ尾根。しかも岩の突起がギザギザに連なっている。まさに八本歯の名の謂《い》われである。悪いことに、それまでほぼ無風だったのが、川辺たちがそこにさしかかったとたん、北風が急にぶつかってきた。

ふたりの右手にある北岳バットレスから、冷たい烈風が吹き下ろしてくるのだ。

空は見事に晴れているのに、風がすさまじい。

ゴツゴツとした岩場に渡された残置ロープがあったからいいものの、それがなかったら、強風に体をさらわれていたかもしれない。ロープに手を掛け、必死に岩にしがみつき、風を避けながら、ひとつまたひとつと岩の突起を越えていく。

しかし行けども行けども、岩また岩。最悪なことにすべてが凍り付いている。のみならず、足場に積もった雪もカチカチに凍結している。

そんな状況の中で情けなくも腰が引けてしまっていた。

――義兄貴。これ以上、足が動かねえ。

後ろから声がするので振り向くと、小尾が岩に抱きついていた。泣きそうな顔だ。

「莫迦野郎が。もっと根性据えて歩いてこんか！」

川辺は怒鳴りつけた。

その川辺自身も、実は心底ビビっている。

あと少しでも風が強くなったら、岩から引き剝《は》がされてしまう。あるいは凍り付いた足場で靴底を滑らせたら、谷底に真っ逆さまだ。つとめてそんなことを考えないようにしたいが、どうしても恐ろしい想像が脳裡に浮かぶ。

猟期は毎日のように雪山を歩き、オフシーズンも有害鳥獣駆除で山に入っていた。だから、自分は山を知り尽くしていると思っていた。それなのに、これほどまでに苛酷で恐ろしい山を川辺は知らなかった。

また突風が塊のようになってぶつかってきた。

必死に岩にしがみついて、それをやり過ごす。耳元でビュウビュウと音が鳴り、空気の圧力に体が持って行かれそうになる。岩の割れ目に手袋の指を突っ込むようにして、それに逆らった。歯を食いしばり、目を閉じる。嗚咽《おえつ》が洩れそうになる。

唐突に風が止んだ。

あれほど荒れ狂っていた横殴りの風が、すっかりおさまっていた。

川辺はゆっくりと目を開き、顔を上げた。

完全な無風状態となっていた。

ふと、バットレスを見た。

標高差六百メートルの巨大な岩壁に、真綿のような白いガスが幾重にもまとわりついている。彼の目には、バットレスが巨大な鬼神の姿のように思えた。そのあまりの迫力に圧倒されそうになる。

カチカチと音がしていた。自分の歯が鳴っていることに気づいた。それどころか、全身がガクガクと震えていた。

——義兄貴ぃ。

か細い声がして、また振り向いた。

小尾が岩の隙間にはまり込むようにうずくまっていた。

そんな情けない姿を、川辺はさげすんだり、笑うこともできずにいた。

我に返ったように銃を肩掛けし直し、鉛のように重い足を引きずりながら歩いた。

肩越しに後ろを見ると、小尾がよろけながらついてくる。

最後の梯子《はしご》を下り終えて、八本歯のコルと呼ばれる鞍部《あんぶ》に到達したとき、川辺は心底、ホッとした。

先ほどまでの壮絶な状況が嘘のように、あの強風がピタリと止んだままだったが、またいつなんどき吹き始めるかと、肝を冷やしながら難所を下ってきたのだった。

やや遅れて小尾もついてきた。

川辺の横に立ち止まった彼は、目がうつろで、顔が死人のように蒼白《そうはく》だった。

「けっ。情けねえ野郎だ」

自分のことはさしおいて、川辺は吐き捨てるようにいった。

八本歯のコルから、吊尾根伝いに岩稜を登ると、最初の分岐に出た。

川辺がザックと猟銃を下ろし、登山地図を広げる。

小尾が隣に立っていた。相変わらず顔色が悪く、冴えない表情だ。

「こっちだ」

ふたつに分かれたルート。その左側を指さして、川辺がいった。

北岳山荘方面への近道だった。地図によると尾根の南東側の急斜面をトラバースしながら続いているようだ。

「大丈夫かよ。見るからに崖道だよ」

不安そうにいう小尾の頭を、グローブをはめた平手で乱暴に叩《たた》く。

「まかせておけって。ここらの山はな、ちゃんと知り尽くしてんだ」

川辺が歩き出した。小尾がトボトボとついてくる。

穏やかな冬晴れの天候が戻っていた。あのすさまじい烈風は何だったのだろうと思う。

川辺は雪を踏みしめながらゆっくりと歩く。

雪原からの照り返しが強く、目が痛んだ。しかし川辺も小尾もサングラスを持ってきていないため、我慢するしかなかった。しきりに瞬きをし、目をこすりながら歩き続ける。

いつしか足場が悪くなっていた。

行く手を見ると、崖の中腹にかけられた桟道《さんどう》や梯子の連続である。左は切れ落ちた崖。垂壁とまではいかないが、かなり急角度の斜面だ。雪でわかりにくいが、おそらくハイマツ帯だろう。ところどころに荒々しく岩が突起しているのが見える。

滑ったり、足を踏み外したりすれば、真っ逆さまに落下する。

川辺は足がすくんだが、追いついてきた小尾にそのことを悟られないように、知らん顔でそのまま進んだ。

桟道や梯子は丸太や角材を組んで作られている。その上に雪が積もり、場所によっては凍結している。当然、靴底が滑る。スパイク付きの長靴を履いていても、やはり凍った丸太や角材は怖い。

知ったかぶりに近道といいつつ、小尾をこのルートに連れてきたことを後悔していた。しかし、ここで引き返すわけにはいかない。自分が臆病風に吹かれていることを悟られないよう、川辺は慎重に桟道を踏んで歩き続ける。

下り階段にさしかかったときだった。

ふいに左足が滑り、アッと思ったときはバランスを崩していた。

とっさに丸太を組んで作られた手すりをつかんだからいいものを、さもなければ崖下に真っ逆さまに転落していたはずだ。

川辺は大きく目を見開きながら、桟道の杭《くい》にしがみついていた。

右足は崖の突起にかろうじて乗っているが、左の足は宙ぶらりんになってバタついてしまう。その右足も、凍り付いた岩のせいで滑りそうになって、何度も靴底をかけては、また滑るの繰り返しだ。

「タツぅ！」

必死の形相で川辺が相棒を呼んだ。

小尾はあっけにとられたまま、そんな川辺の姿を凝視していた。

「何やってんだ。ぼうっと突っ立ってねえで、何とかしろし！」

川辺の声が裏返っていた。

「義兄貴――！」

ようやく我に返ったらしく、身をかがめるようにして右手を出してきた。

「手を……出すんだ」

しかし川辺は、杭にしがみついた両手のどちらかを離す勇気がなかった。

「……だ、ダメだ。手を離せねえ。そっちから何とか引っ張り上げてくれねえか」

そのときだった。

小尾が川辺から目を離し、ふいにあらぬ方を見た。その横顔が血の気を失っている。

川辺が見上げていると、小尾がつぶやいた。

「義兄貴……」

異様な表情で桟道の向こうを凝視している。

川辺は杭にしがみつきながら視線を移した。桟道の上に立つ小尾の視線を追うように、ゆっくりとそちらに目を向けた。

あっけにとられ、口をあんぐりと大きく開いた。

小尾から数メートルの場所に、得体の知れない生き物がいた。

前肢を桟道に突きながら座り込んでいる姿は、まさに話に聞いたあの不明生物——〝雪男〟と噂された類人猿の怪物そのままだった。

膨らんだ純白の体毛。少し赤らんだ、皺だらけの顔。潰れたような鼻孔。黄色味を帯びて光っている双眸《そうぼう》を見て、川辺は一瞬、パニックに襲われた。思わずしがみつく杭から手を離しそうになって、あわててまたそれを必死に抱きしめた。

白い毛むくじゃらの生き物は、相変わらず長い前肢を雪に下ろし、しゃがみ込んでいた。恐ろしい形相の顔が彼らに向けられていた。

地響きのような唸《うな》り声がした。

そいつは眼前にいる小尾に向かって、はっきりと明確な敵意を見せている。今にも突進してきそうな様子である。

そのときになって、川辺はようやく小尾がライフルを携帯しているのに気づいた。

「何やってんだ。撃て！　あいつを撃つんだよ！」

川辺が叫んだ。

小尾はあわてた様子で、スリングで肩掛けしていたそれを外し、ソフトケースのジッパーを乱暴に開いた。焦っていたために途中までしか開かなかったが、かまわず中から強引にライフル銃を引っ張り出した。

ボルトに右手を掛け、それを起こしながら引いて戻す。銃口を相手に向け、台尻を肩付けして両手でかまえた。銃身がブルブルと震えているのが川辺には見えた。

だしぬけに、獣が走ってきた。

想像以上の速さである。

小尾は撃った。

耳をつんざく銃声とともに、射撃時の反動が肩を突き上げ、彼はライフルをかまえたまま、のけぞった。不自然なかたちで座ったまま撃ったためだ。

弾丸は外れたようだ。

白い毛むくじゃらの獣が大きく口を開き、歯をむき出して吼えた。

小尾が震える手でボルトを乱暴に引いた。空薬莢《からやっきょう》が飛び出し、岩壁に当たって音を立てた。ボルトを戻して二発目を装塡したとたん、小尾は硬直していた。

そいつが唸りながら、桟道を蹴って大きく跳躍した。粉雪が舞い散った。

小尾が絶叫した。

生き物は彼を仰向けに倒し、のしかかると、長い前肢でライフルをはたき落とした。

大口径ライフルが大きく飛んで、谷底へと吸い込まれていった。

生き物はまた歯をむき出すや、恐ろしい咆哮《ほうこう》を放った。

太く長い前肢で、それは小尾の胸ぐらをつかんだ。まるで荷物を投げるように彼の体を抱え上げると、そのまま手すり越しに放り投げた。

絶叫を引きながら、小尾が奈落の底へと落ちていった。

15

——えー、芝ヤンがお届けする〈ガラダマｃｈ〉。今回は特別編でーす。

芝山宏太はあえぎあえぎ急登をたどりながら、ウェブカメラに向かってしゃべっていた。

ジンバルと呼ばれる三軸式のスタビライザーに二・四五インチの液晶モニターが装着されたもので、それをスマートフォンにケーブルでつないでいる。

もちろん片手に持ちながらの自撮りである。

ずいぶん高価なものだったが、かなり高性能な手ぶれ防止機能がついているため、手軽にプロっぽい動画が撮影できる優れものだ。

レンタカーで車中泊をしたものの、朝になってすっかり寝過ごしてしまったおかげで、出発が午前九時となってしまった。

広河原を起点に登り始めて二時間。

行けども行けども雪の急登が続くばかりだった。

それでもつらい顔ひとつできないのは、動画を観てくれる不特定多数の視聴者への印象を良くするためだ。それが自分のモチベーションとなって、ハードな雪山登山の行動力の源となっている。

――いやぁ、とにかく久々の登山やし、雪山やし。もう、ホンマにきついですわ。めっちゃ寒いのに、もう汗だく！

そんなことをいいながら、無理に作り笑いをする。

積雪は踝《くるぶし》の上ぐらい。ラッセルをするほどではないが、やはり足を取られる。

トレイルに斜度があるので、何度も滑りそうになる。革製の登山靴にアイゼンを装着しているが、十二本爪に雪がダルマ状にくっついて用を足さなくなる。だから、そのたびに片足ずつ、ストックの先で雪をこそぎ落とさねばならない。

とにかく荷物が重すぎた。

ザックの中にはドライフードを中心とした数日分の食料や嗜好品、余分な防寒着や下着類を詰め込み、さらにテントやマット、寝袋なども入っている。パッキングの重量は二十キロぐらいあった。

ろくに山になんか登っていなかったのに、今さらこの重さはさすがにつらい。

ようやく平らな場所にさしかかり、立ち止まった。

――ここは休憩場所のようです。ベンチみたいなものがあります。ここで休みたいと思いまーす。

スマホに向かっていってから、録画スイッチを切った。そうしてやれやれとザックを下ろす。ベンチには雪が大量に積もっていたが、それをグローブをはめた両手で乱暴に払い落としてから、ドッカと腰を下ろした。

しばし俯いていた。

なかなか呼吸が落ち着かず、背中がゆっくりと上下している。

ここに来たことを今さらながら後悔していた。あまりに苛酷すぎるのである。

やはり引き返すべきか。いや――。

思いを何とか振り払った。

「百万や……再生回数百万ゲットしたるで」

そう自分にいい聞かせながら、それが達成されたときのことを想像した。

ふいに喉《のど》がカラカラだったことに気づいて、ザックのレインカバーを剝がし、サイドポケットに入れていた保温ボトルを取り出した。カップに入れてすすると、紅茶はもうぬるくなっていた。安物のボトルだったためだ。

それでも何とか人心地がついて、芝山は溜息を洩らした。

ザックの雨蓋のジッパーを開き、中から登山地図を引っ張り出して広げた。広河原からの直登ルート。途中の山小屋まではおよそ二時間半のコースタイムになっている。

それが雪のためにかなり時間がかかってしまっている。が、おそらく半分程度の場所までは来ているのではないか。地図だけでは自分の居場所がまったくわからないため、そんな見当をつけてみた。

とにかく今日じゅうに小屋に着けばいいのだ。

白根御池小屋という名前で、冬の間は冬季避難小屋として開放されているとネットに情報が載っていた。そこで一夜を明かして、明日の朝になったら山頂を目指す。

それにしても、ここは北岳登山のメインルートのはずだ。どうして他の登山者たちの足跡がまったくないのだろうか。

そんなことを考えたが、答えが浮かぶはずもなかった。

傍らに置いていたジンバル付きウェブカメラを持って、録画ボタンを押した。

――どもッ！〈ガラダマｃｈ〉の芝ヤンです。あと少しで山小屋ゆう場所まで何とか到達しました。さてさて、この先、どんな冒険が待っているか。わくわくしてます。このチャンネルを見ているみなさんも、ぜひ期待してください。

そこまで撮影してから録画を停止させ、疲れ切った表情でまた俯いた。

ゆっくりと顔を上げ、これからゆくべき林間の急登を見上げる。

林床の雪は深くなったり浅くなったりした。芝山はオールシーズン用の登山靴に厚手のスパッツを装着していたが、隙間から入った雪が靴の中で融《と》けて靴下を濡らし、足の指などが冷え切って感覚がなくなっていた。

それでも歩行をやめず、登山道をたどって登り続けた。

ハアハアとあえぐ自分の息づかいだけが、ずっと続いていた。YouTubeのことや、大学の友人たち、故郷にいる親や兄弟のことなど、いろいろな思いが脳裡をめぐっていたが、それもいつしか次第になくなって、ただ無心に、一心不乱に雪の斜面を登り続けた。

ようやく急登が終わり、森の中を抜けるなだらかなトレイルとなった。

《白根御池小屋まであと20分です》

そう書かれた看板を道の右手に見つけたとき、芝山は心底、ホッとした。

しかし積雪のせいで早足になることもなく、淡々と歩を運び続けた。そうして三十分以上かけて、森を抜けた。

目の前に雪をかぶった二階建ての山小屋があった。

白根御池小屋。

その姿を見たとたん、芝山は安堵のあまりに腰が抜けそうになった。

先行者のトレースもない雪山を、苦労しつつ、何時間もかけて登ってきた。そうしてようやく本日のゴールである山小屋にたどり着いた。

これほど嬉《うれ》しいことはなかった。

山小屋に到着した瞬間を、また動画撮影するつもりでいたが、すっかりそのことを失念したまま、小屋に向かった。手前の壁面に鉄製の階段があり、〈冬季避難小屋〉と書かれ、矢印が描かれた看板がかかっていた。

その階段にとりついて登ろうとしたときだった。

背後から人の声が聞こえて、芝山は思わず足を止めた。

そっと振り向くと、ちょうど彼が出てきたばかりの森の外に人影がふたつ——どちらも赤とオレンジのチェック柄の登山シャツにベージュのズボン、ヘルメットをかぶった男性だった。

そのふたりも芝山の姿を見たらしく、そろって急ぎ足で近づいてきた。

階段の下に立っている彼の前にやってきたふたり——ひとりは痩せていて、もうひとりは大柄でガッシリした体型、ともに三十代というところか。

「山梨県警南アルプス署の山岳救助隊です。自分は曾我野、こちらは横森といいます」

警察官だとわかって一瞬、ドキリとした。

「あの……何か?」

取りすましたふうに訊いてみた。

「失礼ですが、麓の広河原に駐車されている品川ナンバーのデミオのレンタカーの方ですか?」

曾我野と名乗った痩せた隊員にいわれ、芝山は仕方なく頷いた。

「そうですが……?」

「よろしければ、お名前とご住所をお願いします」

「芝山宏太です。えー、住所は東京都品川区戸越——」

彼がいうのを聞きながら、隣の横森という大柄な隊員がメモに取っている。

曾我野がまたいった。

「現在、北岳一帯は入山禁止規制が敷かれています。ご存じなかったんですか?」

「え……ええ」と、芝山はとぼけた。

「やはり夜叉神峠のゲートが開いていたので通過されたんですね」

「まったく知りませんでした」

そう答えると、曾我野は困ったように表情を曇らせた。

「そもそも草すべりルートは雪崩の多発地点ゆえ、厳冬期には登山者が入らないんです。だから、ここの冬季避難小屋は、十一月の小屋仕舞い直後とか、五月六月の雪解けシーズンの入山者のために開放されているんです」

芝山はあっけにとられた。

雪崩──そんなことをまったく意識していなかった。だから、夏山シーズンのメインルートなのに、まったく登山者の足跡がなかったのだ。ようやくそのことに気づいた。

「今夜はこちらの冬季避難小屋にご宿泊ですか？」

「ええ。そのつもりです」

「先ほど申しました事情もありますし、明日の朝には下山していただきたいのですが」

芝山は困惑したまま、その言葉に従うしかなかった。

「わかりました」

素直な返事を聞いて、ふたりは安堵したような表情となり、そろって頭を下げた。

「自分たちは周辺をパトロールしてから戻ります」

曾我野がそういい、横森とともに歩き出した。

芝山は階段の下に立ち尽くしたまま、ふたりの姿が小屋の向こうに遠ざかっていくのを見送っていた。

16

嶺朋尾根から入山した救助隊の本隊に無線で連絡を入れたあと、曾我野はトランシーバーをホルダーに仕舞った。

杉坂副隊長らは、すでに八本歯のコルに到達している。

白根御池のすぐ畔《ほとり》に横森とふたりで立っていた。

時刻は午後二時を回り、太陽はまだ空にあったが、早くも北岳バットレスの向こうに隠れようとしている。少しずつ気温が下がり始めていた。

夏山シーズンであれば、ここらは幕営指定地なので色とりどりのテントがひしめき合う。ところがさすがに厳冬期は閑散としていて、ダケカンバの樹林も雪をかぶって真っ白だった。右にある草すべりの急斜面は雪崩の多発地帯で、この冬も何度かそれがあったらしく、ふたりがいる周辺にはブロック状の雪が積み上がっていた。こんなふうに雪崩による雪塊の堆積はデブリと呼ばれている。

のみならず、ここらのダケカンバの林はすべて同じ方向に曲がっている。

雪の重みや雪崩のせいで、そうなっているのだ。

こうしている間にも、いつ何時また雪崩が発生するかわからない。だから、この場でグズグズしてはいけないのだが、森に入ってしまうと無線の感度が悪くなるため、仕方なくここで交信していたのである。

曾我野は少し緊張しながら、たびたび草すべりに目をやった。

「なあ。さっきの登山者、どう思う？」

横森にいわれて彼は振り向く。

「こんなシーズンに御池小屋から登ろうというのだから、無謀なのか無知なのかだな」

そう曾我野が答えた。

「というよりも、なんとなく違和感があったが……」

「違和感？」

横森はガッシリとした顎に指をかけていった。「そもそも冬山をやる経験者って感じがしなかったんだよ」

曾我野は少し眉間に皺を寄せた。

たしかにいわれてみると、そんなふうに思えた。

しかし、いくら何でもアマチュアが単独で厳冬期に北岳を目指すだろうか？

「ま、気にすることはないさ。明日には下山するといってたし」

曾我野はそういって笑う。

「それにしても、ここらは動物の足跡だらけだな」

横森の声に気づいて、彼は周囲に視線を戻す。

シカの蹄の痕らしかった。キスマークのような形で、あちこちに残されている。

夜間にやってきて、餌を探してこの辺りをうろついていたのだろう。一頭や二頭ではなく、群れのようだ。

「昔はこんなところまでシカが登ってくることはなかったらしいが、今ではすっかり山の嫌われ者だな」

曾我野がそういった。

最近ではシナノキンバイなどの高山植物がシカに食べられるため、草すべりの尾根近くには広範囲に獣よけの柵が張り巡らされている。そこまでやらなければ、ここらの貴重な植生は壊滅的打撃を受けてしまう。

広河原山荘管理人の滝沢謙一が狩猟免許を取ったのは、ジビエの確保だけではなく、そうした実情を受けてのことだったようだ。

「行こう」

横森を促し、曾我野は歩き出した。

白根御池から二俣に向かう。

そこから大樺沢沿いに下って広河原に戻る予定である。

ふたりの足の速さならば、積雪期でも二時間とかからず、麓にたどり着ける。

ただし御池から二俣への道は深い森を抜ける。積雪期は林床にかなり雪が積もっている上、柔らかな雪に足が取られるため、彼らのようなベテランでも歩行が困難だ。

ときどき枝に摑《つか》まって、頭上の枝葉から落ちる雪を浴びながら歩く。

ようやく二俣に到達して、曾我野たちはひと息入れた。

ここは大樺沢ルートと、彼らがたどってきた白根御池からのルートが合流する地点だ。右の登山道をたどれば大樺沢沿いに北岳頂稜へと向かうが、草すべりとならぶ雪崩の多発地帯である。

左のルートを下って広河原に向かう前にひと息入れた。

水分を補給しようとザックを下ろした曽我野は、ふと近くの雪面にいくつかうがたれた痕に気づいた。また野生動物の足跡だろうと思ったが、どうも違うようだ。

「横森……」

相棒に声をかけた。彼も気づいて、それを見た。

「こいつは人の足じゃないか」

驚いた様子で横森がつぶやく。

彼がいうとおりだった。楕円《だえん》形に近い形も、大きさも、動物のものではない。

しかしこんな場所に他の登山者がいるはずがない。

広河原に停まっていた車は二台。そのうちの一台——品川ナンバーのレンタカーで来た登山者には、白根御池小屋で出会っている。もう一台のハイエースに乗ってきたハンターらしき二名は、杉坂副隊長らがたどった嶺朋尾根に足跡を残しているという報告だった。

だとしたら、これはいったい——。

そう思って見ているうちに、曾我野はハッとなった。

よく見れば、それぞれの足跡に五つの指の痕が残っているのに気づいたのである。

誰かが裸足でこの雪を歩くことはあり得ない。だとすると——。

「おい、曾我野」

横森が少し緊張した声でいった。「まさか、こいつはあれの足跡じゃないのか?」

あれ——が何を指すのか、曾我野にはすぐにわかった。

17

都内目黒区の一角にある喫茶〈翡翠《ひすい》〉の窓際の席で、大葉範久と安西廉は、テーブルの目の前に並べた二枚の名刺をしばし見つめていた。

防衛省情報本部統合情報部別班。

名は佐久間伸吾《さくましんご》。もうひとりは船越清司《ふなこしきよし》とあった。

階級はどちらも三等陸佐である。

大葉たちはゆっくりと顔を上げ、あらためて彼らを見た。

ふたりとも高級そうなスーツ姿だった。佐久間は眼鏡をかけ、髪を短く刈った四十ぐらいの男性。隣に座る船越は同じぐらいの年齢だが、肩幅が広く、大柄な男だ。

双方、地味な色のコートを折りたたみ、席の背もたれにかけている。

遡ること二時間前――。

大学のゼミが終わって校舎を出たとき、大葉のスマートフォンに電話がかかってきた。液晶画面の表示を見ると知らない番号だったので迷ったが、とりあえず電話に出てみた。

相手は男の声で防衛省情報本部の佐久間と名乗った。例の北岳の火球に関することで、直《じか》に会って話をしたいという。

隣にいる安西が「きっと新手の詐欺だ」と小声で耳打ちしてきたが、念のために最後まで話を聞いてみた。

けっきょく実際に会ってみることにした。というか、会わざるを得なくなっていた。

大葉の動画をＹｏｕＴｕｂｅにアップしたのは、バイト仲間の増井三智也《みちや》という若者だった。念のため、佐久間からの電話を切ったあとで増井に連絡してみたら、たしかに防衛省の佐久間という人物から電話があったという。

急を争う重大な要件なのだそうだ。

「電話で少しお話しさせていただいたんですが、動画をアップされた増井さんからそちらの連絡先をうかがいまして、失礼ながら連絡を取らせていただいたんです」

佐久間がそういったとき、ちょうど人数分のホットコーヒーが運ばれてきた。それぞれの前にソーサーに載ったカップが置かれ、エプロン姿の女性店員が去って行った。

「火球……に関することだとか？」

恐る恐る大葉が訊くと、佐久間が頷いた。

「あれは火球、つまり流れ星の一種ではなく、航空機事故である可能性があります」

だしぬけに切り出され、さすがに大葉たちは驚いた。

佐久間は眼鏡を光らせながらこういい足した。「あくまでも可能性という前提ですが」

もう一度、ふたりの名刺に目を落とす。

情報本部統合情報部別班――。

「実はあの日、領空侵犯の国籍不明機を航空自衛隊のレーダーが発見し、築城《ついき》基地から我が国の戦闘機がスクランブル発進したのですが、会敵《かいてき》する前にレーダーから消えたようです。墜落の可能性もあるということで調査が始まったところです」

佐久間がそういって、コーヒーをブラックのままますすってから、こう続けた。「そこでわれわれはネットにアップされていた例の動画に注目しました。国立天文台に問い合わせてみたんですが、当夜のその時刻、東日本一帯での流れ星は確認されていませんでした」

「だからといって……」

安西がそうつぶやいたが、言葉を失ったようにふいに黙った。

「突然、こんな話をしたのですから、お気持ちは理解いたします。しかし、私たちは少しの可能性も逃さずに調査しなければなりません」

今度は船越がコーヒーに砂糖を入れ、スプーンでかき回しながらいう。

「実はあの当日、中国からウラジオストクに向かっていたロシア国籍の輸送機が消息を絶ったという情報が入ってきました」

「外国の飛行機がどうして日本の、それも南アルプス上空を飛んでたんです？」

大葉が訊ねると、ふたりは少し目配せをし、船越のほうがこういった。

「ちょうどその日、中国大陸に大きな低気圧があり、日本海側に張り出していました。それを迂回《うかい》するために予定のコースを外れ、我が国の領空に入ってしまったらしいんです」

大葉はあのときのことを思い出した。

たしかに北岳に入山する前、大陸に大きな低気圧があって天候悪化のおそれがあるという予報だったが、それは外れて、あの夜は見事な星空が広がっていたのだった。

「どうしてもっと早く判明しなかったんですか」と、大葉。

「該当する航空機がイリーガル、すなわち飛行許可のないフライトだったためです。さっき申しましたように、自衛隊のレーダーが捉え、スクランブル発進もありましたが、該当機に接触することなく見失ったようです」

佐久間がそういった。「――もしもその航空機が我が国の領土内に墜落しているとすれば、早急に発見しなければなりません。だから、目撃者であるあなた方から、できる限り詳しく当日の様子をうかがいたいのです」

船越が小さなＩＣレコーダーらしき楕円形の機械をスーツのポケットから取り出す

と、電源ボタンを押した。

「では、当日の出来事ですが、どんな些細《ささい》なことでもかまいません。すべて私たちにお話ししていただけますか？」

そういって佐久間がまた眼鏡を光らせた。

大葉は隣に座る安西と目を合わせ、それからポツポツと語り始めた。

18

リキの行動に変化があったのは、間ノ岳山頂の分岐を西にたどり、三峰岳《みぶだけ》方面に向かっているときだった。

このルートは西へ下る道となっている。山頂で東から吹いていた風が遮られているため、雪溜まりもなく歩きやすい。それどころか、地面が露出した場所もある。そんな雪消《ゆきげ》を踏みながら岩場を下っていると、ふいにリキがさかんに地鼻を使い始めた。

進藤は足を止めて、リキに注目した。

周辺はやや開けた尾根で、ところどころに岩稜があるが、比較的歩きやすい場所である。そんな中、リキは尻尾を上げて左右に軽く振りながら、とりわけ雪消の地面や岩場を嗅ぎながら下っていく。

進藤がそのあとを追い、滝沢が続いた。

突然、リキが足を止めた。

前方向かって左手に鼻を向け、風の匂いを嗅いだ。それに引かれるように、リキが方向を変えてゆっくりと進む。

「さっきとは明らかに反応が違いますね」

川上犬の様子を興味深そうに見ながら滝沢がいった。

リキのこの仕種《しぐさ》は、〝要救助者〟を発見したときのボディランゲージだ。それも、死臭や腐臭を嗅いだときのものだった。

「覚悟していたほうがよさそうだ」

「え」

進藤は滝沢の目の前で、リキを指さした。「さっきまで巻いていた尻尾が下がってる」

それを見た滝沢が悟ったようだ。

「まさか……？」

リキは高鼻の状態のまま、行く手左の斜面を下り始めた。

進藤と滝沢が追う。

ふいに前方――かまびすしい羽音がした。

進藤たちは立ち止まった。

目の前の岩場から斑《まだら》模様の鳥が飛び立った。尾羽を縁取る白い色が鮮やかに目立った。それは羽ばたきながら濁った声で啼《な》き、右にカーブを描きながら滑空した。やがて彼らがやってきた間ノ岳の尾根に向かって、小さくなっていった。

「ホシガラス……」

滝沢の声が少ししゃがれていた。不吉を感じたのだ。

このような高山にはよく見られる鳥だが、里のカラス同様に雑食性で、ふだんはハイマツの実などを食べている。しかし他の鳥の雛《ひな》や小さなネズミなども食べ、もちろん死肉、腐肉も好む。

リキが四肢を停めた。その後ろで進藤が、さらに滝沢が硬直した。

雪をかぶった岩場の窪地《くぼち》に、遺体が横たわっていた。

仰向けのまま、手足を投げ出した格好だった。衣服がボロボロにちぎれて体にまとわりつき、乱れた頭髪は血の固まりと混じり合っていた。眼窩《がんか》はふたつの窪みとなっている。顔の下半分の肉がほとんどなくなり、上下の歯が露出して笑っているように見えた。

男性だということはわかる。おそらく中年。

リキはかすかに緊張した様子で遺体をじっと見ている。

進藤が両手を合わせ、滝沢もならって、ふたりで黙禱《もくとう》した。

それから慎重に近づき、遺体の検分にかかる。進藤はデジカメで撮影しながら、状況を箇条書きでメモしていく。

ザックが近くに転がっていたので、雨蓋を開いて中を確かめる。サイドポケットに社員証やクレジットカードなどが入った財布があった。

免許証を引き抜いてみた。

名前は宮内隆久。住所は静岡県浜松市。

捜索していた行方不明者本人に間違いなかった。

遺体の状態などから見て、死後一週間以上が経過しているとみられるが、夏場と違って腐敗があまり進行していないのがさいわいだった。ただし、最前のホシガラスや、おそらく他の野生動物によってかなり損壊はしている。

平坦な地形で、滑落するような場所ではないから、悪天候の中での疲労凍死かもしれない。とにかくこの遺体の状態では、死因を推測することもできそうにない。

衣類はズタズタになってちぎれ、傷んだ遺体にまとわりついていた。

しかし、妙な違和感がある。

何だろうと思ったら、先に滝沢が気づいた。

「進藤さん。上着やズボンが見当たらないようですが」

彼がいったとおり、遺体がまとっているのはチェック柄のシャツ。下半身は下着や靴下だけだった。防寒のためのジャケットや登山ズボンがなく、登山靴すらない。傍に転がっていたザックも。遭難者本人が自分で下ろしたのか。それとも――。

眉根を寄せて、進藤は考え、すぐに思い当たった。

「あの外国人……」

そうつぶやいたとたん、滝沢がハッと目を大きくした。

「衣服が体にフィットしていなかったのは、そういうわけですか」

そういいざま、ふと顔を曇らせた。「でも、まさか。この〝人〟を……」

彼が何をいいたいか、進藤には理解できた。

進藤は遺体を凝視しながらこういった。

「それは本人の口から聞くしかない」

「そうですね」

「とにかく、残念な結果になった」

ザックのショルダーハーネスのホルダーからトランシーバーを抜きながら、進藤がいった。「不明生物の捜索のはずが、とんだ顛末《てんまつ》だ」

規定のチャンネルになっているのを確認し、本署と杉坂副隊長たちを呼び出そうとPTTボタンを押したとたん、進藤は驚いた。

足元に停座していたリキが、かすかな唸り声を洩らしていたのだ。

驚いて見下ろす。

リキが赤茶の被毛を逆立てていた。

口の端を吊り上げて震わせ、白い牙を覗かせている。

「まさか……」

進藤はそうつぶやき、リキの視線を追って、岩場のずっと向こうを見た。

雪をかぶった斜面の向こう、彼らがたどってきた尾根の方角――ゴツゴツした岩稜帯の途中にそれがいた。

同時に滝沢も見つけたらしい。

彼はあわてて肩掛けしていた猟銃をソフトケースから引っ張り出そうとした。進藤は左手を出し、黙って滝沢を制した。

滝沢がピタリと動かなくなった。

雪の岩場にいる真っ白な被毛の生き物は、保護色のようになっていたが、傾いた西日のおかげで雪原に影を長く引いていた。まるで一個の彫像のように、それはじっとそのまま動かずにいた。

リキがまた唸った。

進藤はそいつを凝視し続けていた。

純白の被毛に覆われた類人猿だった。その顔に、なぜか敵意のようなものは感じられなかった。小さな目をじっと開いたまま、それはこちらを見つめている。

リキが前に出ようとした。

進藤が腰をかがめ、その背中に手を当てた。

体毛を立てて身を震わせていたリキがおとなしくなった。しかし鳶色《とびいろ》の目は、その生き物にじっと向けられたままだ。

ふいに風が強くなり、地表の雪が煙のように飛ばされた。

さっきから向かい風だった。

最初にリキが気づいたのはそのせいらしい。

生き物が動いた。

ゆっくりと彼らに背を向け、雪の上に前肢をついたまま、四足歩行で歩き出した。岩をひとつ越し、また次の岩場を越えて移動する。やがて尾根を越し、稜線の反対側へと下りてゆく。たちまちその姿が見えなくなった。

風がまたやんでいた。まったく音のない雪景色。

進藤は緊張を解いた。

ふうっとゆっくり呼吸をした。かすかに唇が震えているのに気づいた。

隣に立つ滝沢がいった。

「自分はいま……何を見たんでしょうか」

進藤は答えられずにいた。
不明生物。〝雪男〟。そんな言葉が脳裡に浮かんだが、あえて口にしなかった。
あれは違う。そんな俗な言葉で呼べるような生き物ではない。

第二章

1

白根総合病院のリハビリルームの一角。理学療法室の壁際に置かれた長椅子に、パジャマ姿にサンダル履きの江草恭男隊長が座っていた。

隣に寄り添うように女性警察官の制服姿で夏実が座っている。

この病院の理学療法室は規模が大きく、四百五十平方メートルあり、同様に広い作業療法室や言語療法室に隣接している。

ふたりの目の前では、患者たちがそれぞれ白衣のリハビリスタッフに付き添われ、歩行トレーニングや筋力トレーニングなど、日常に必要なさまざまな動作の練習をしている。

広々とした室内にこれほど多くの人々がいるのに、ほとんど会話もなく、しんと静まりかえっている。

そのおかげか、空気が張り詰めている感じがする。

壁に掛けられた大きな時計が、午後五時過ぎを示していた。

江草は順調に回復しているようだった。リハビリも予定通りに進んでいるということで、思った以上に元気そうだった。今日も午後のスケジュールが終了したばかりで、顔色もよく、表情も明るい。

「それで……ご遺体は？」

江草に訊《き》かれて夏実はこういった。

「進藤さんからの連絡を受け、私たちが乗っていた〈はやて〉が現場に急行して収容しました。甲府の大学病院で検案にかけられる予定です」

「すると、北岳山荘で保護された外国人が着用していたのは、その人のものだったわけですね」

夏実が頷《うなず》く。「間違いないと思います。ただ……いいにくい話ですが、その……犯罪の可能性もあるので、当人からの証言を取らないと」

「記憶喪失だとうかがってましたが？」

「病院からの報告で、体力的には順調に回復しているようですが、山で何があったかは、本人もまったくわからないようです」

「会話は英語で？」

「ええ。でも、独特の訛《なま》りがあるようです。英語圏の人間じゃないらしくて、ロシアとか東欧とか、その辺りの人じゃないかとのことでした」

「ますます解せぬ話ですね」

江草は口の周りの無精髭《ぶしょうひげ》を撫《な》でながらいった。「亡くなられた方のご家族は？」

「浜松から奥様が来られてます。獣や鳥に荒らされて、ずいぶんと損傷の激しいご遺体の前で動揺どころか、涙ひとつ見せずに淡々としてらっしゃったのが、どうも気になって……」

するると江草がかすかに笑う。

「毅然《きぜん》としてらっしゃる方なのかもしれませんが」

夏実は少し迷ってから、こういった。

「最初、ご自分の仕事が忙しいとかで、こちらに来られるのをずいぶんと渋ってらっしゃいました。なんていうか、旦那さんが亡くなったことに関して、まるで他人事《ひとごと》みたいっていうか……」

「もともとご主人の山登りにも何らの興味もなかったようですし、おかげで発見が遅れたわけですが、そういうドライな夫婦も今は珍しくないのかもしれませんね」

江草は温和な笑顔を作ってそういったが、なんだか夏実は悲しかった。

「ところで、進藤さんたちはまだ山に？」

「三峰岳からいったん間ノ岳まで戻ったそうですが、北岳山荘まで引き返すよりも農鳥小屋が近いということで、今夜はそこの冬季避難小屋に宿泊するそうです。例の不明生物はともかく、無断で北岳に入山した地元のハンターがいるので、明日は私たちといっしょに捜索になります」

夏実の報告を聞いて、江草はこういった。

「そのハンターたちと連絡は取れないのですか」

「当人の携帯に電話しても応答がまったくないということです」

「いくら地元の狩猟者でも、芦安付近の低山ならともかく、いきなり三〇〇〇メートル級の冬山はさすがに無謀ですね」

夏実はコクリと頷いた。「そうなんです」

「ところで……二俣でも、曾我野くんたちが例の生き物の足跡を見つけたそうですが」

「大きな裸足の足形ということで、おそらく間違いないと思います」

夏実はそう答えた。「ただ――」

「ただ?」

「それが、どうも奇妙なんです。ふたりが見つけた足跡はかなり新しいものだったそうです。ところがちょうど同じ頃、進藤さんと滝沢さんが三峰岳の手前であの生き物に遭遇してます。いくら不明生物が敏捷《びんしょう》だったりしても、そんなに短時間で、あれだけの距離を移動するとは思えないんです」

江草は驚いた顔で夏実を見つめ、慎重に言葉を選ぶようにいった。

「つまり……その生き物は一頭だけじゃないと?」

夏実はこっくりと頷く。

「そう捉えるしかないんです」

江草はかすかに眉根を寄せ、神妙な顔になった。

「牡牝のツガイということは？」

「考えられると思います」

「もしも北岳の環境に適応しているとすれば、繁殖という可能性もあります」

そういった江草の顔を見て、夏実が言葉を失った。

「いえ。あくまでも、もしも――の話ですよ」

江草はそういってから、目を細め、口の周りの白い無精髭をザラリと撫でた。

2

長い間、意識を失っていたようだ。

川辺三郎は瞼《まぶた》を震わせながら目を開いた。

周囲は薄暗い。のみならず、ひどく寒い。

一瞬、自分がどこにいて、どういう状況に置かれているか、判然としなかった。それが、だんだんと思い出されるにつれ、同時に恐怖がこみ上げてきた。それも原始の記憶を呼び覚まされるような遺伝的な恐怖である。

体が痙攣《けいれん》するように震えるのは、寒さのせいばかりではなかったようだ。

最初、それは断片的なイメージで脳裡《のうり》によみがえってきた。

純白の被毛に包まれた大きな生き物。凶悪そうなその赤ら顔。

耳をつんざくような咆吼《ほうこう》。

小尾の絶叫。

それらが記憶の奥から現れては、次々と意識の中に流れ込んでくる。

ふいに喉《のど》の奥から悲鳴が洩《も》れそうになる。防寒グローブに包まれた手で、その口を押さえて目を閉じた。パニックになるのをどうにか抑えた。

しかしあの記憶がフラッシュバックとなって、何度も繰り返される。

歯を食いしばり、ギュッと目を閉じ、身を固くして恐怖に耐えた。それでもガクガクと全身が震え続けている。

しばらく耐えているうちに、ようやく少しずつ気が落ち着いてきた。

自分がどうして生きているのだろうかと思った。

あのとき——足を滑らせて桟道から落ちそうになった。

両手で杭《くい》を抱きしめていたが、長靴を履いた足は凍結した岩で滑るばかりだった。

小尾に助けてもらおうとしたそのとき、あれが出現した。

小尾はライフルをぶっ放したはずだった。

しかし奴は倒れず、小尾を襲った。仰向けに倒してのしかかったあげく、小尾の体に手を掛けて、無造作に崖下に投げ落とした。

恐る恐る桟道の下を覗《のぞ》く。

しかし薄闇の向こうは、雪の急斜面がずっと続いているばかりで、落ちた小尾らしき姿は見えなかった。いずれにせよ、この高さからの落下だ。おそらく生きてはいないだろう。

小尾が殺されたことよりも、こうしてひとり取り残された不安と恐怖のほうが、川辺にとって深刻な問題だった。

あの化け物はどうしたのだろうか。

自分はどうして生き延びたのか。なぜあいつは襲ってこなかったのだろうか。

記憶に定かでないが、おそらくあのあと、自力で桟道に這《は》い上がったのだろう。そのまま、横になって意識を失ってしまったのだ。

川辺は虚《うつ》ろな目で頭上を見上げた。

とっくに日が暮れて、天空に無数の星が瞬いていた。天の川がくっきりと流れている。キリリと冷え切った冬の夜。もしも悪天だったら、凍死していたかもしれない。

凍り付いた桟道の丸太に手をつき、ゆっくりと身を起こした。

恐怖は去っていない。まだ、あいつが近くにいるのではないかと思ってしまう。

自分がザックを背負ったままであることに気づいた。のみならず、猟銃の重さも肩にかかっている。ハッと思い出して右手を肩にやると、散弾銃を入れたソフトケースを斜交《はすか》いに担いだままだった。

震える手でそれを取って、ゆっくりとジッパーを開いた。油断なく左右に目を配りながら、ソフトケースの中から銃身の長いガスオート式の散弾銃を引っ張り出す。それを手にしたとたん、少しばかり恐怖が引いたような気がした。

銃身下の弾倉に、散弾の実包が二発装塡《そうてん》されているはずだ。震える手で排莢口《はいきょうこう》に取り付けられた開閉レバーをしゃくって初弾を薬室に装塡する。腰に巻いていた弾帯からもう一発の散弾を抜き取ろうとしたが、手が滑った。

鹿撃ち用の九粒弾が転がり、そのまま桟道から崖下に落ちていった。

歯がみしながら二発目を抜いた。震える指先で銃身下の弾倉に何とか装塡し、セフティをかけた。

これで三発、続けて撃てる。

そう思いながら、川辺は呼吸を整えた。いつでもかかってこい。

少しずつだが、気が落ち着いてきた。なおも桟道の前や後ろを振り返り、向き直りしながら確認する。

よろよろと立ち上がった。

怪物は姿を現さなかった。気配すらなかった。

おそらくどこかへ行ってしまったのだろう。

いつまでもここにいても仕方ない。

また薄闇に包まれた眼下に視線を落とす。

小尾は死んだ。それはたしかだ。しかし現実感がなかった。

川辺は慎重に歩き出した。

雪の上に足跡があった。

裸足のような形だが、むろん人間のものではない。

あの怪物のものに違いない。自分の行く手に向かって、それは点々と続いていた。

奴を仕留めてやる——そう思ったとたん、憑《とりつ》いていた恐怖心が少し和らいだ気がした。

肩を上下させながら荒く呼吸をして、自分を落ち着かせた。

義理の弟を殺したあいつを、この手で退治してやる。

もう一度、桟道の雪に刻まれた足跡を見る。それを凝視《ぎょうし》しながら、川辺はゆっくりと歩き出した。


農鳥小屋の冬季避難小屋の薄暗い部屋。

進藤と滝沢がそれぞれコッヘルで湯を沸かし、あわただしく夕食を作ってかき込んだ。

板の間に置いた小さなランタンの光の中、小屋の片隅でリキが横になって眠っている。その安らかな寝顔を見て、進藤はふっと笑う。自分たち同様にリキもすっかりくたびれていた。雪山の強行軍にくわえて、あの不明生物との遭遇という緊張感もあった。

「曾我野さんたちが二俣で見つけた足跡なんですが」

滝沢がふいにいった。「われわれが三峰岳手前で遭遇したあいつが、ほぼ同じ時間に北岳のトラバース道にいるはずがありません」

「そうだな」

認めざるを得なかった。やはり不明生物は少なくとも二頭いる可能性が高い。

夕食を終えると、進藤たちは食器類をロールペーパーで拭《ぬぐ》ってスタッフサックにしまった。

滝沢は壁に立てかけていたソフトケースから散弾銃を取り出し、乾いた布で銃身を拭いている。まるで自分の体の一部のように、愛おしげにそれを扱っている。

壁際で横になって寝ていたリキが目を覚まし、頭を起こしてじっと進藤を見つめている。長い舌を垂らし、期待に満ちた目をこちらに向けている。

進藤はザックの中から犬用のプラスチック皿をふたつ取り出し、ひとつにドライフードド、もうひとつに水をたっぷりと注いでやった。立ち上がったリキがやってきて、ドッグフードをカリカリと音を立てながら食べ始めた。

「山に入った猟師たちは、今頃どうしているかな」

「ルートからすれば、おそらく北岳山荘の冬季避難小屋に入っていると思います。無事だとすればの話ですが」

「ふたりとも山のスキルはどうなんだ」

「川辺さんはそれなりにベテランだから、かなり馴《な》れてます。もうひとりの小尾さんは同じ歳ながら、ちょっと……ですかね。いずれにしても芦安付近の低山ならともかく、こんな場所に関しては、どちらも素人同然です」

「どうしてそんな無茶をするかな」

滝沢はしばし黙っていたが、ふとまた口を開いた。

「自分は猟を始めてまだ三年ですが、分会の年上の連中にはやっかみ根性をむき出しにしたり、必要以上に目立ちたがったり、そんな子供じみたところがある人間もいます。あの川辺さんはとくにそんな感じでしたね」

登山者の中にも、まれにそういうタイプの人間がいる。

利己主義だったり、意味もなく頑迷だったり、いい歳した大人が社会性をまったく身につけていなかったりもする。どうやって家庭生活を送り、会社などの組織の中でやっていけるのかと首を傾《かし》げたくなる。

リキがドライフードをきれいに食べ終えて、隣の水皿に鼻先を突っ込み、派手な水音を立てて舐《な》め始めている。

「猟欲っていうんですかね。仕方ないと思うんです」

滝沢はそうつぶやいた。「釣りなんかもそうですけど、けっきょくは子供の時分の遊びの延長じゃないですか。だから釣果とか猟果にこだわる人が多い。自分もそうですが」

「だとしたら、あれを撃たなかったことを後悔してる?」

するとと滝沢は眉をひそめ、銃を磨く手を止めた。

「たびたび、あのときのことを考えてました。やはり自分には撃てなかったと思います」

そういうと、レミントンのフォアグリップを前後に操作して、ポンプアクションの動きをたんねんに確かめた。

「もしも……次の機会があれば、撃てるか?」

滝沢はわずかに顔を傾げた。それから進藤を見て、いった。

「本当に撃たなければならないときが来たら、躊躇《ちゅうちょ》なく撃ちます」

「そのときは俺にかまわず撃ってくれ」

滝沢はかすかに頷く。「もちろん」


くるまっていた寝袋の中で、芝山宏太は目を覚ました。

まだ暗闇である。

腕時計の液晶表示を点灯させると、午前四時を少し過ぎた時刻だった。

寝汗をひどく掻《か》いていた。寝袋の中が湿っぽい。

そっとジッパーを開くと、湯気がそこからもわっと洩れた。

はあっと息を吐くと、白煙の塊となって天井へと昇っていく。室温はマイナスだろう。だからしばらく寝袋から出られずにいた。

昨夜はなかなか寝付けず、うとうとしては夢ばかりを見ていた。

ＹｏｕＴｕｂｅの動画投稿という内容の夢が多かった。せっかく素晴らしい動画を撮影してＹｏｕＴｕｂｅにアップロードしようとしても、なぜかまったくできなかったり、過去に投稿した動画がすべて消えていたりと、そんな夢ばかりだった。

目覚める前に見たものは最悪だった。

自分が投稿した動画が何らかの法律に抵触していたため、突然、大勢の刑事たちが彼のマンションの部屋に踏み込んできて逮捕されるというもの。必死に抵抗しようとあがいているうちに、ハッと目を覚ましたのである。

その夢を回想しているうちに、汗ばんでいた体がだんだんと冷えてきた。

仕方なく寝袋から出て、ヘッドランプを点した。あわただしく衣服を脱ぎ、下着からすべて新しいものに着替えた。ダウンジャケットを羽織ると、少しだけ体がポカポカしてきた。同時に尿意を感じた。

ダウンジャケットのジッパーを喉元まで閉めて、冬季避難小屋の部屋を出た。

寒さに身を縮ませながら外階段を下り、隣接する公衆トイレの中で放尿した。

トイレから出て空を見上げると、きれいな無数の星が瞬いていた。今日も天気が良さそうだ。

小屋に戻ってヘッドランプの光の中、ザックをまさぐると、食料を入れたスタッフサックを引っ張り出した。コッヘルに水を入れてストーブに火を点《つ》けた。

昨日のことを思い出していた。

この小屋に到着した直後に、後ろから追いついてきたふたり——南アルプス署の山岳救助隊だといっていた。彼らは、広河原に置いていた芝山のレンタカーを見て、ここまで登ってきたようだ。

本来、北岳一帯は入山禁止となっている。

もちろん、そのことはわかっていた。わかっていながら、夜叉神峠のゲートとトンネルのシャッターが開いていたのを幸いに、勝手に登山に入ったのである。つまり確信犯ではあったが、芝山は救助隊のふたりに知らなかったと答えていた。

そして朝になったら下山すると彼らに約束した。

しかし、自分の中には迷いがある。

やはり登山を続行するべきではないだろうか。せっかくここまでやってきたのだ。

おそらく入山規制の理由は、あの〝噂《うわさ》〟のせいに違いない。だったら、その事実をこの目で確認して動画に撮影するべきだ。

コッヘルの湯が沸いたので、〈五目ご飯〉と書かれたドライフードの封を切って、プラスプーンと乾燥剤を取り出し、中に湯を注いでジップを閉じた。中身が湯でふやけるまでの間、ザックからバゲットを取り出し、ちぎっては口に入れた。

ふと思い出したように、ザックの雨蓋《あまぶた》を開いて登山地図を取り出す。それを開いて、ヘッドランプの明かりの中で見つめ、バゲットを咀嚼《そしゃく》しながら考えた。

あの救助隊のふたりは、おそらく昨日のうちに下山したはずだ。だとしたら、この山にいるのは自分ひとりだけ。

当初の予定に戻って、〝雪男〟の捜索をスタートするのだ。

草すべりが雪崩《なだれ》の多発地帯であれば、そこを迂回《うかい》すればいい。稜線に出たら、雪崩の危険性もなくなるだろう。

そしたら思う存分に捜索ができる。

もしもそいつに遭遇して、決定的な瞬間を撮影できたら、おそらく一大センセーションとなるに違いない。動画の再生回数は記録更新、登録チャンネル数もトップランキング入りだ。

それをきっかけにテレビなどのメディアに引っ張り出されるかもしれない。

そんなことを考えているうちに、しだいに興奮してきた。

こんなところでグズグズしてはいられない。

ヘッドランプさえあれば、暗いうちに出発できるだろう。一刻も早く、あの〝雪男〟が出没する場所まで行くのだ。そこでそいつが現れるのを、ただひたすら待つ。

芝山はまだ時間が経っていないドライフードのジップを開くと、スプーンでかき混ぜ、それを猛烈な勢いで食べ始めた。


川辺三郎も悪夢にうなされていた。

目の前で小尾が怪物に襲われ、絶叫を曳《ひ》きながら桟道から墜落していく。彼を崖下に放り投げた怪物が向き直り、今度は川辺に向かってくる——その姿が出し抜けに変化した。

真っ白な被毛の類人猿ではなく、対照的に真っ黒な体毛の動物。

ツキノワグマだった。

あの日、冬ごもりの穴の近く、ふいに木立の中から出てきたクマが、彼の猟犬を一撃で薙《な》いで殺し、危うく自分も襲われるところだった。そのときの再現が、夢の中で繰り返されていた。

自分の悲鳴を聞きながら、川辺は目を覚ました。

寝袋にくるまったまま飛び起きた。

汗だくの満面に手を当てて、ゆっくりと拭った。

地図によると、ここは北岳山荘という山小屋だった。

あの生き物と遭遇し、惨劇が起こった場所——トラバース道を歩いているうちに稜線に出た。すでに夜が更けていて、ヘッドランプの小さな明かりを頼りに暗がりをどんどん下っていくと、目の前にこの山小屋を見つけた。

ザックの中にテントは入っていたが、できればちゃんとした建物の中で眠りたかったので、川辺はホッとした。

ところが冬場は無人らしく、人の気配もなく、どのドアも鍵がかかっていた。

公衆便所の建物や山小屋の他、資材小屋などがいくつかある。焦りながらあちこちをうろついているうちに、ヘッドランプの電池が切れたらしく、唐突に視界が闇に閉ざされてしまった。

川辺は仕方なく、手近な建物のドアに猟銃の銃床を叩きつけた。

何度かやっているうちにドアノブが壊れ、開いた。

スマートフォンの照明アプリで中を照らした。狭い玄関ホールで靴を脱ぐようになっているが、かまわず土足で上がり込んだ。ホールを抜けると少し広い部屋があり、板の間に机や医療器具が置かれていて、薬品が並んだ棚があった。

いつだったか、話に聞いたことがあった。北岳山荘には、夏の間だけ開設される山の診療所がある。つまり、ここはその建物なのだ。山小屋に隣接した別棟になっているようだ。

壁際にベッドがあった。寝るにはおあつらえ向きで、そこに寝袋を敷いてもぐり込んだ。

眠りがすぐに訪れた。

そんなことを思い出していると、ふいに屋外からガタガタッと音がした。

川辺はベッドに立てかけていた散弾銃をつかんだ。セフティを指先で外してかまえたとたん、また外でガタガタッと音が聞こえた。

風の音。

おそらく突風で、診療所の外にあるトタンか何かがあおられたのだろう。

ホッと胸をなで下ろし、銃を膝の上に横たえたまま、しばし猫背気味に俯《うつむ》いて呆《ほう》けていた。ようやく落ち着いてくると、ゆっくりと振り向いて窓を見る。

手を伸ばしてカーテンを開けると、窓の外が少し明るくなっているようだ。

視線を戻して、膝の上に横たえたベレッタ社のガスオート式散弾銃を見る。

当初は小尾とふたりして――いや、あいつを無理に引っ張ってきて、〝雪男〟退治に出向いてきた。狩猟者としてではなく、たんに名を上げたいという単純な気持ちからの行動だった。それがゆえに相棒を失うことになった。

最前の夢のことを思い出した。

怪物に小尾が殺され、自分も襲われそうになる。その姿がいつしかあのときのツキノワグマになっていた。そんな夢を思い出すだけで、心臓が胸の奥で早鐘を打ち始めた。

膝に横たえた散弾銃の重量が頼もしく思えた。というか、その存在に彼はしがみつくしかなかった。

そんなことを思っているうち、川辺は悟った。

このまま帰ったら、おそらく一生、悪夢から逃れることはできないだろう。

俺はもう一度、あいつと対峙《たいじ》する。それは恐怖を克服するためだ。

今度こそ、仕留めてやる。

あいつの体にありったけの弾丸をぶち込んでやる。

そう思ったとたん、体に憑いていた怯《おび》えが少しずつ消えていくのを感じた。

窓の外がさらに明るくなっていた。

3

ベル412EP——県警ヘリ〈はやて〉が爆音とともに北岳に接近した。

天候は安定してほぼ無風。

しかし山に接近すると、思いがけない強風に巻き込まれることもあるので、操縦席の納富機長は隣のコパイ席に座る的場功副操縦士の誘導に従い、慎重に稜線にアプローチする。

キャビンの座席でシートベルトをかけ、静奈と並んで座る夏実は、窓に顔を寄せて、接近してくる稜線を凝視している。

北岳頂稜から中白峰《なかしらね》を経て間ノ岳へ至る尾根は、相変わらず純白の雪景色だ。

キャビンには他に深町と関隊員が搭乗している。

——進藤隊員と滝沢さんが、リキとともに、すでに中白峰まで戻ってるとの報告が入った。北岳山荘付近は彼らにまかせ、われわれは吊尾根分岐から周辺の捜索をする。

ヘッドセット越しに深町の声が聞こえる。ヘリの爆音で肉声が伝わらないからである。

今回の出動は、北岳に入ったハンター二名それぞれの家族からの、正式な捜索要請があったためだ。ふだんの出猟と違って得体の知れない相手であるし、何よりも入山規制の敷かれた山に無断で入ったということで、やはり不安に駆《か》られてのことだろう。

白黒の斑《まだら》模様。北岳の主稜がさらに迫ってきた。

荒々しい岩屛風《いわびょうぶ》を右手に見ながら、ヘリはゆっくりと山頂付近を一周し、それからもう一度、旋回の半径を伸ばして大きく円を描き、飛行する。

夏実たちはキャビンの窓越しに外を見て、稜線や岩肌に視線を配る。

ヘリの機内から山肌を見ると、ゴツゴツした岩や雪をかぶった枯れ木などが、人の姿に見えることがある。

機体の下を尾根が流れていく。雪をかぶった肩の小屋を見下ろし、さらに時計回りに頂稜を回り込む。やがてバットレスを右手に飛び、吊尾根上空に戻ってきた。

あとは足を使っての捜索や、犬たちの嗅覚《きゅうかく》に頼るしかない。

——これより予定地点にランディングします。各員を地上に降ろしたあと、当機は空からの捜索を続行します。

ヘッドセットに的場の声が飛び込んでくる。

吊尾根分岐の標柱を目印に、ヘリはゆっくりとアプローチする。

納富の巧みな操縦で、〈はやて〉は急旋回しながら、風上に機首を向けつつ降下する。地表の雪をダウンウォッシュで派手に巻き上げ、その白い煙幕の中、スキッドが接地するショックが伝わる。

飯室整備士がキャビンドアを開くとともに、冷たい烈風が機内に吹き込んでくる。シートベルトを外した夏実たちが、犬とともに機外に飛び降りた。メイが胴震いをし、バロンが雪を蹴散《けち》らして走る。

続いて深町と関がキャビンから飛び降りた。

安全を確認し、飯室が機内から手を振り、キャビンドアを閉じる。爆音が大きくなったかと思うと、〈はやて〉が機首を右に向けながら反転、急上昇し、機体はたちまち高空に吸い込まれるように小さくなってゆく。

夏実は手を振ってから、ヘルメットや衣服に付着した雪をグローブで払った。

メイが自分から彼女の傍《かたわ》らにやってきて、しゃんと停座《ていざ》する。ハンドラーからのコマンドを待つ姿勢である。同じようにバロンも静奈の脚側について指示待ちの姿勢だ。

「予定通り、神崎さんと関さんは頂上方面。自分と星野は吊尾根を下ってみます」

深町の声のあと、敬礼をし合い、四人と二頭が二手に分かれた。


夏実とメイが雪を蹴散らし、ジグザグルートを下りていく。

深町があとに続く。

無雪期であればここは砂礫《されき》地帯だが、今は一面の雪の斜面だ。しかも土砂止めの丸太が右に左に組まれている。それがほぼ雪に埋もれているため、ともすれば足を取られたり、靴底が滑りそうになるが、彼らは馴れきったリズミカルな歩調で下り続ける。

じきにトラバース道分岐点に到達した。

一気に下りてきたため、夏実も深町も汗だくだった。

膝に両手を突いて肩で息をつき、深町と目を合わせて笑った。

ふいにメイの様子に気づいて注目すると、しきりに雪の表面を嗅ぎ、鼻を上げて風の匂いを嗅ぎ、そんな仕種《しぐさ》を繰り返している。

明確なものではないが、メイにとって違和感を覚える臭い。それを探り当てたときのアラートだった。

「何か捉《とら》えたのね？」

するとメイは夏実の顔を見てから、また何かに夢中になっているかのように鼻を使い、斜面を少し下った。ふたりはそれに続く。

分岐点の標柱から少し下の岩場の雪に、足跡がいくつか刻まれている。ほとんどは古い登山者のものらしいアイゼンを装着した靴痕《くつあと》だが、その中に明らかにスパイク靴だとわかる、マーブル模様の痕がいくつかあった。

「深町さん」

夏実に呼ばれ、彼がその場に来てかがみ込む。

「登山者のものじゃないな。それに比較的、新しい」

そういって顔を上げ、夏実と目を合わせた。

分岐点からトラバース道へのルート。メイを先頭に夏実と深町がそれを追った。岩礫と砂利と雪。歩道の端に鎖が渡された斜面をどこまでも下り、やがて栈道が続く場所へとやってきた。

栈道は階段になっていたり、水平に作られていたり。急斜面の崖の中腹をへつるように作られている。その手前でメイが振り返る。

夏実が頷くのを見て、ボーダー・コリーが一気に桟道の梯子《はしご》を伝って下り、平らなところまで移動した。梯子は丸太と丸太の間が離れている上、雪をかぶっていて危険なのだが、運動神経のいいメイは難なくクリアしてしまう。

夏実は深町とともに追跡して、ようやくメイに追いついた。

さらにメイが前に進む。

崖の中腹に刻まれた歩道を伝って歩き、また次の桟道にさしかかった。

桟道だけでは危険なため、岩場に鎖がかけられた場所もある。

その途中で、ふいにメイが動きを止めた。

丸太組みの桟道に鼻先を押しつけるようにして臭いを嗅ぎ、クルクル回りながら、周囲の臭いを探り始めた。夏実たちはそこに行って驚いた。

アイゼンをはめた登山者のソール痕に交じって、スパイクブーツの靴痕がずっと続いていたが、その場所でかなり足跡が乱れている。

丸太が組まれた足場と岩の隙間《すきま》に、深町が何かを見つけたらしい。急ぎ足で歩いてかがみ込み、それを拾った。

「星野さん」

振り向いて見せた。

ボールペンより少し太い。真鍮《しんちゅう》製らしく、金色で、先が細長くくびれた円筒形のものだ。

「それって……銃の空薬莢ですか？」

夏実の言葉に深町が頷いた。

「いったいここで何を撃ったんだ」と、深町がつぶやいた。

ふたりはまた周囲に目をやる。

桟道の手すりが一カ所、不自然な壊れ方をしているのに夏実は気づいた。登山者が落ちないように太い針金で頑丈に縛られて作られているのだが、その手すりそのものが柱から折れて、崖下に向かって逆さに垂れ下がっていた。

深町とふたり、そこに立って見下ろす。

急斜面の雪の表面に、何かが滑り落ちたような痕がはっきりと残っていた。それはずっと崖下の方まで続いていて、途中に雪がデブリのように積み上がった箇所があった。

滑落した人間、あるいは何者かが、そこに埋まっていると想像がついた。

「ここから誰かが落ちてる」

「間違いないですね」

「無線で現状報告してくれ」

「はい！」

夏実はザックを下ろし、トランシーバーをホルダーから引っ張り出した。

彼女が交信している間、深町が自分のザックを下ろして横たえると、サイドストラップを外し、束ねていたザイルを急いでほどき始めた。

本署と別班の静奈たち、および〈はやて〉に報告を終え、トランシーバーを仕舞った。

メイが前肢を突っ張るようにして身を乗り出し、崖下をじっと見ている。

夏実も隣から下を見た。垂壁に近い急斜面の崖。雪に刻まれた滑落の痕。そのずっと先に小高く積もった雪溜まりのようなものがあった。

深町はテキパキと懸垂下降の準備をしている。スリングを丸太の杭に結び、別の一方を岩の隙間に打ち込んだハーケンにカラビナをかけ、二カ所のプロテクションを設置する。その下端にザイルを通し、残りのザイルを崖下に落とした。

腰のハーネスとつないだランヤードが、エイト環とカラビナでしっかりクリップできていることを確認すると、彼は夏実にいった。

「星野。先に行くから、サポートをよろしく」

深町はザイルに身を預け、リズミカルに岩壁を蹴りながら下りてゆく。少し不安を抱えながら夏実が見守る先、杭に結ばれたザイルが規則的に音を立て、震えている。

そのザイルがピタリと止まった。

夏実は桟道の手すり越しに見下ろした。

――〝要救〟発見！

深町の声。

およそ四十メートル。ザイルのワンピッチぶんぎりぎりの場所だった。

そこに深町の赤とオレンジの登山服とヘルメットが見下ろせる。雪がうずたかく積もった場所に立って、夏実に向かって手を上げている。

彼女は手すりを跨《また》ぐと、深町が構築したプロテクションのスリングにエイト環とカラビナをクリップした。さっきの深町のように崖に両足をつきながら、リズミカルにゆっくりと降下していく。

やがてザイルのほぼ下端に到達した。

かなり急角度で落ちた傾斜地だが、そこだけ少し平坦になっている。おかげで上から落ちた雪が溜まっていた。要救助者はその中に半ば埋もれたかたちだったようだ。

すでに深町に掘り起こされて、保温シートの上に仰向けにされていた。

落下した衝撃だろうか、登山服はかなり破れ、雪まみれの顔は傷だらけだった。六十代ぐらいの男性で無精髭の顔が青白い。ザックが見当たらないので、おそらくはずみでどこかに飛ばされたのだろう。

「生きてる。鼓動と呼吸もしっかりしている」

深町の声に夏実はホッとした。

たまたま雪に埋もれていたことで、生命維持に必要な体温が保てたに違いない。

深町は要救助者の上体を少し起こし、気道確保をしつつ、ジャケットの上からマッサージをした。やがて雪で真っ白になった瞼《まぶた》が痙攣《けいれん》し、血の気のない唇も震え始めた。

「南アルプス署山岳救助隊です。もう大丈夫ですよ」

夏実が声をかけると、男は目を見開いた。

「お名前をおっしゃってください」

「お……小尾達明」

そう名乗った。かすれた声だった。

「芦安から来られた猟師さんですね？」

小尾はふいに視線を泳がせた。しかし狼狽《うろた》えた表情のまま、何もいわない。

夏実はザックの中からテルモスの水筒とマグカップを引っ張り出し、ホットカルピスを注いで小尾の口元に近づけた。

「熱くて甘いです。ゆっくりと飲んでください」

小尾はひと口飲んで溜息《ためいき》をつき、自分からすするようにホットカルピスを飲んだ。

「どこか、痛むところはありますか？」

深町に訊かれて、小尾は眉根《まゆね》を寄せた。口元を手の甲で拭った。

「右の肩が……腕が動かねえ。それと足が……」

夏実が服の上から調べる。右腕をつかんで動かそうとするが、激痛に襲われたらしく、小尾がひどく顔を歪《ゆが》めた。

「右腕を脱臼《だっきゅう》しているようだ」と、深町がつぶやく。

さらに両足は膝の骨が折れているらしく、どちらもあらぬ方へと曲がっていた。

「俺のこの足……どうなってる？」小尾が狼狽えた声でいった。

「折れてますが、病院に行けばきっと治ります」

そういって夏実は崖の上を見上げた。「でも、あんなに高いところから落ちて、この怪我だけですんで良かったです」

小尾があっけにとられた顔で夏実を見上げてきた。

「落ちた……俺が……？」

次の瞬間、目を皿のように大きく開き、パニックに襲われたように暴れた。

「動かないで！」

夏実が彼を押さえた。

「あ、あいつが！　あいつが俺を落っことしただよ！」

「落ち着いてください。あいつって誰です？」

深町が訊くと、視線を泳がしたあげく、彼の顔を見て、小尾がこういった。

「〝雪男〟だ」

夏実は思わず深町と目を合わせた。

「そうだ。義兄貴《あにき》――！」

小尾が叫んだ。「義兄貴はどこにいっただ！」

身を起こして暴れようとするのを、深町とふたりで止めた。何しろ崖の中腹である。下手《へた》をすると、また滑落してしまうことになる。

「おにいさん……ですか？」と、夏実が訊いた。

「義理の兄貴だ。川辺さんだよ」

目を血走らせたまま、小尾がいった。「ちくしょうめが。あの化け物が殺したに違《ちげ》えねえ！」

夏実と深町は崖の上を見た。

ふたりが降下してきたザイルが垂れている場所に、岩肌の雪が剝《は》がれて小尾が滑落した痕跡《こんせき》があるが、他にそのような箇所は見当たらなかった。

小尾は興奮しすぎて頭に血が上ったのか、顔が赤らんで汗だくになっている。しかし、だんだんと呼吸が安定してきた。

夏実はまたトランシーバーで無線連絡をした。

最初の交信の直後から、静奈と関がこっちに急行しているはずだ。県警ヘリ〈はやて〉は連絡を受け次第、上空からアプローチしてくる手はずとなっている。

深町がザックを下ろし、中から寝袋を引っ張り出した。それを広げてジッパーを開き、深町とふたりで小尾の体を中に入れた。

苦労して寝袋への収容を終えた。

夏実は傍らに置いていたトランシーバーを取って、〈はやて〉に無線を飛ばした。

「こちら現場の星野です。準備完了、進入お願いします」

――〈はやて〉、諒解《りょうかい》。これよりアプローチします。

的場副操縦士の声が返ってきた。

そのときだった。

――深町さん。夏実！

上から声が降ってきた。

ふたりが見上げると、桟道に静奈と関の姿があった。無線の連絡を受けて、すぐに駆けつけてきたようだ。夏実は思わず破顔し、右手を上げて大きく振った。

やがてヘリの爆音が次第に近づいてきた。

4

午前八時半を過ぎていた。

芝山は大樺沢左岸の登山道をあえぎながら登っていた。

積雪は踝《くるぶし》ぐらい。乾いた雪なので、アイゼンがしっかりと利いている。

大きなスノーバスケットがついたストックを左右の手に握り、それに体重を預けながら雪を踏みしめ、足を運んだ。二十歩進んでは休止して、ハアハアと息をつき、額の汗を拭った。

草すべりは雪崩の多発地帯といわれた。

御池小屋を出て、その斜面の下に立つと、たしかに今にも大量の雪が怒濤《どとう》のように落ちてきそうに思えた。実際、夏場は幕営指定地となる御池の周辺には、何度か雪崩があったらしく、大小の雪の塊がいくつも小山のように積み上がっていた。ダケカンバの林も、揃って同じ方向にねじ曲がっている。

だから、彼はコースを変更した。

森を抜けて二俣の出合から、大樺沢沿いに登る。地図を見ると直登ルートよりも長いようだが、そのぶん斜度がゆるいはずだと思った。だとしたら、雪崩の危険性も少ないのではないだろうか。

一歩また一歩と苦行のように登る。

気温は低かったが、まったくの無風。

東の山巓《さんてん》の上にかかった太陽がまぶしかった。雪の反射もあって、目が痛むし、しょぼしょぼと涙があふれてくる。サングラスをかけていたが、安物だったためか、紫外線をちゃんと遮る性能がないようだ。

登山地図だと二俣から八本歯のコルまで二時間半のコースタイムらしいが、それはあくまでも夏山の場合で、積雪期ならもっとかかるだろう。三時間、いや、四時間かかるかもしれない。

雪から露出した岩を見つけたので、芝山はザックを背負ったまま座り込んだ。ストックを岩に立てかけて、膝の間に頭を突っ込むようにして、しばしハアハアと息をついていた。ザックのサイドポケットから水筒を取り出して飲み、喉を潤してから、袖で口許を拭った。

「そや。撮影せな」

そう独りごちて、雪の上にザックを下ろすと、中からスマートフォンとジンバル付きウェブカメラを取り出す。

防寒グローブを脱ぎ、電源を入れてバッテリー残量を確かめた。モバイルバッテリーは予備をいくつも持ってきているが、それでもむだな電力消費は避けたいため、通常は電源を切っている。

自撮りモードにして、自分の顔が液晶に映っているのを確かめた。

座っていた岩から腰を上げ、姿勢良く立ち上がる。

「どうもッ、〈ガラダマｃｈ〉でーす」

不特定多数の視聴者を頭の中で想定しながら、精いっぱいの笑顔を作った。

「みなさん。ちょっとこの景色を見てください。どうです、素晴らしいでしょ？　さてさて、自分がいったいどこにいるのか、おわかりですかぁ〜？」

そういいながら、カメラを周囲に向けた。

大樺沢の雪景色から、そびえ立つバットレスの威容、北岳の頂稜を撮影しつつ、あとで動画を編集しながら、どんなテロップを画面に入れようかと考えた。

「はいっ。ここは富士山に次いで、日本で二番目に高い場所、南アルプスの北岳なんです。それで、どうしてこんな場所にいるかといいますとね。北岳に来ただけ～っていいたかったからって？　ちゃいまんねん！」

ダジャレをいいながら、自分で思わず吹き出してしまった。

「実はですねー。ほれ。今、世間を賑《にぎ》わせているあの〝雪男〟です。山小屋をさんざん荒し、登山客を襲ったりして、ホンマに迷惑なやっちゃ。一説によると宇宙から来た生物じゃないかっていわれとりますがな。ま、そいつを動画で激写しよう思ってきたんですわ。冗談抜きでホンマでっせ」

そういいつつ、カメラを自分に向けた。

「ほな。みんな、期待して待っててや～！　それからグッドボタンを忘れずにな。まだの人はチャンネル登録もよろしく～！」

撮影を終了して、芝山はハアッと息をついた。

作り笑いがたちまち疲労困憊《こんぱい》の表情に戻ってしまう。

さすがに疲弊してしまったが、考えてみると、ここは高山なのである。当然、酸素も地上に比べるとだいぶ薄い。下手をすれば高山病になる標高だった。

片手にウェブカメラを持ったまま、ふたたび岩に腰掛けた。そのまま、しばしうなだれていた。

ふいにスマホが震え始めたので、液晶を見た。

《安西廉》と表示があった。

通話モードにして耳に当てた。

「もしもし?」

――芝山。お前、どこにいるんだよ。

だしぬけに強い口調でいわれて、彼は肩をすくめた。

「どないしたん」

――どないもこないも、お前、昨日のゼミをすっぽかしてどうすんだ。レポートの提出もないって、さすがに柿沼《かきぬま》先生がめっちゃご立腹だったぞ。

「そやったな」

――マンションに行っても留守だし、いったいどこ、ほっつき歩いてんだよ。

芝山は立ち上がるバットレスに目をやった。

自分が北岳にいることを誇らしげにいおうと思ったが、やはりやめた。ＹｏｕＴｕ

beへの動画投稿は、あくまでもサプライズでなければならないからだ。

「実は親戚に不幸があってな。今、実家に帰っとるねん」

――だったらひと言そういえばいいのに。

「すまん」

あくまでもとぼけてみせた。

――それはそうと、スマホの電源ぐらいちゃんと入れとけよ。ゆうべから何回かけたと思ってんだ。

「悪かった。ここんとこスマホのバッテリーの調子が悪いねん。機種変するまで、こんなやから、ごまかして使《つこ》うとる。おかげでYouTubeの投稿もできへんねん」

――そうだ。YouTubeといえばな……いや、まあいっか。

安西が口ごもるので、芝山は奇異に思った。

「何や」

――実はさ。大葉が北岳で撮影した例の火球の件だけどな。あれって、どうも流れ星じゃなかったらしいんだ。

急にそんなことをいわれてびっくりした。

「なんやねん、それ」

——実はあれって……飛行機の墜落じゃないかって……。

「ホンマか？」

ややあって、安西がいった。

——昨日、防衛省の情報本部ってところから、自衛官がふたり、俺らに面会に来たんだ。あの動画をネットで観たっていってた。その人たちがそういってたんだよ。

「マジにスクープやないか。火球を撮影するなんてざらにあるけど、飛行機が墜落するところを動画におさめるなんて滅多ないで。そやけど、なんでそんな連中がお前らんところに？」

——それがどうも、その墜落した飛行機な。ロシアの外国機で、しかも正式に許可の出てないフライトだったらしい。つまり、領空侵犯っていうのかな。だから、大葉とふたりであのときのことを根掘り葉掘り訊かれたよ。

「たまげたな」

芝山は自分が冬の北岳にいることを忘れて興奮していた。

「それやったら、その動画、タイトル替えてもういっぺん投稿し直すべきやで。領空侵犯の密航機が墜落の決定的瞬間！　これで視聴回数ぶっちぎりや」

――お前なあ、いい加減にしたらどうだ。ＹｏｕＴｕｂｅもいいけど、他にやることあるだろうが？

「何ゆうてんねん。そっちがやらんのなら、こっちだってスクープで勝負や！」

芝山は大声で叫んでいた。アドレナリンが体内を駆け巡っていた。

もう〝雪男〟どころではなかった。

ロシアの航空機が、それも非合法に飛んでいた飛行機が、北岳のどこかに墜落したというのだ。しかも今、まさに自分はその北岳にいる――！

体が震えた。こんな凄《すご》い偶然があるだろうか。

まさに、千載一遇《せんざいいちぐう》という奴だ。

――芝山？　聞いてるのか？

スマホから安西の声がした。

「あ、ああ」

――お前、いったい何考えてんだ。何か、妙なことを企んでるんじゃないだろうな」

図星を突かれそうになって、彼はあわてて咳払《せきばら》いをした。

「いや。別に」

——とにかく早く戻って来い。いいな?

「ああ」

通話を終了してから、芝山はスマホの待ち受け画面をしばし見つめていた。

興奮がなかなか冷めやらなかった。

体がまだ震えている。

突然、ゴウッと音がして、肩越しに振り向く。

雪をまとったバットレスの大岩壁に、真綿のようにガスが絡みついている。そのガスがまるで生き物のようにうねりながら、ゆっくりと流れている。

北岳頂稜はすっぽりと鉛色《なまりいろ》の雲に呑《の》み込まれていた。

西の方から同じ色をした雪雲が広がりながら、だんだんと空を覆ってきていた。見ているうちに、風が音を立てて吹き始めた。

さっきまで抜けるような青空だったはずなのに、さすがに山の天気はあっという間に変化する。天気予報では山間部もずっと晴れということだった。しかし予報は外れるものだし、ましてや標高の高い山中である。

見上げているうちに、少しずつ不安がこみ上げてきた。

ゆっくりと呼吸をし、冷たい空気を吸っては吐いた。それを繰り返しているうちに、ようやく心が落ち着いてくる。

この先、雪が降ろうが風が吹こうが関係ない。あくまでも目的を達成するのだ。

ゆっくりと立ち上がり、スマホの電源を切った。

「チャンスを逃すな。これはきっと山の神様の思し召しやで……」

そうつぶやくと、ザックを拾い、苦労して背負った。

岩に立てかけていたストックを握って、歯を食いしばりながら積雪に覆われた急斜面を一歩また一歩と登り始めた。

先ほどまでとは違って、芝山の顔にはしぶとい笑みがこびりついていた。

風の音がさらに強まっていった。

5

杉坂知幸副隊長が別室で仮眠を取っていると、スマートフォンが振動し始めた。

ズボンをまさぐって取り出し、液晶画面を見る。

――松戸颯一郎
その名前を見て通話モードにする。

「杉坂です」

――ご多忙のところすみません。星野さんに連絡をと思ってたんですが、あいにくとつながらなかったものですから。

「どうしました？」

――例の御池小屋の食料貯蔵庫を荒らした犯人の体毛なんですが、例の甲南大の友人から連絡が特急で入って、ＤＮＡ鑑定の正式な結果が出たっていうんです。

思わず杉坂は寝台から身を起こした。

「それで何だったのですか」

——やはり類人猿のものだということです。ゴリラやオランウータンとかじゃなくて、もっと珍しい稀少種のサルじゃないかというんです。

「稀少種のサル？」

——それが……どうも遺伝子的にいちばん近いのが中国というか、チベットの奥地に棲息《せいそく》する、かなり珍しい種類の類人猿だっていうんです。学名がややこしくて聞き取れなかったんですけど。

「チベットの奥地……それがどうしてここへ？」

——わかんないんすよね。北岳にいる理由が。とにかくあとで正式発表があると思いますが、いち早く伝えたかったものですから。

「ありがとう。いちおう、課長のほうにも報告を入れておく」

——すんません。よろしくお願いします。

通話が切れた。

スマホをズボンのポケットに戻しながら腕時計を見て、三時間ぐらい眠れたことを確かめた。昨夜からほぼ徹夜で報告書とにらめっこをしていたのだ。夜明け前、県警ヘリ〈はやて〉で北岳に向かった救助隊員や救助犬らを見送ってから、署に戻り、仮眠室に直行していた。

靴を履いて、鏡の前で髪や制服を整え、地域課のフロアに急いだ。

課長のデスクがあるブースの奥に行くと、見馴れぬスーツ姿の三名が椅子に座っていて、沢井課長と話をしているところだった。

「課長。例の〝不明生物〟に関しての情報が――」

いいかけて、杉坂は口を閉ざした。

「ちょうどいいところに来た。こちらは山岳救助隊副隊長の杉坂巡査部長です」

沢井課長がそういった。

スーツ姿の三人が、彼を見ていた。

そのうちのふたりが四十代ぐらいの男性で、もうひとりが同年齢らしき女性。男性ふたりは眼鏡《めがね》をかけた痩《や》せぎすの男と、少し体格のいい男。女性のほうは小柄で長い黒髪をポニーテールにまとめている。よく見ると日本人でないことがわかって、杉坂は少し驚いた。

沢井がまず外国人らしい女性を紹介した。

「こちらは、イギリスのセント・クロムウェル大学霊長類研究所のジェーン・チャオ博士だ」

「類人猿？」

沢井課長が頷いた。

「〝雪男〟の件で、こちらに見えられた」

杉坂は少し緊張しながらいった。「ハウ・ドゥ・ユー・ドゥ……」

するとジェーン・チャオと紹介された中年女性が微笑《ほほえ》んだ。

「大丈夫。日本語、わかります」

そういって右手を差し出してきた。

「杉坂知幸巡査部長です」

そう名乗って、怖じ怖じと握手する。「霊長類研究所、ですか」

「オランウータンなどのビッグ・エイプス……大型類人猿の研究が専門です」

少しなまってはいるが、きれいな日本語だった。

類人猿――そう聞いて、杉坂はすぐにイメージが浮かんだ。

「まさか、北岳の〝雪男〟の正体が？」

ジェーン・チャオは頷き、いった。

「私たちが捜している類人猿の可能性があります」

「ちょうど松戸くんから連絡が入って、そのことで報告を受けたばかりでした」

杉坂は少し焦って早口になる。「チベット地方に棲息する稀少な類人猿の可能性が高いとか……」

ジェーン・チャオと呼ばれた女性がこういった。

「中国では昔から白猩猩《バイシンシン》と呼ばれていました。崑崙《こんろん》山脈の奥地に棲息するといわれた類人猿です。およそ三十万年前に絶滅したギガントピテクスの生き残りであるといわれていて、中国政府から特別稀少保護種の指定を受けていました。ヒマラヤで頻繁に目撃される雪男の正体は、この白猩猩の亜種ではないかといわれています」

「本当に〝雪男〟だったのか……」

杉坂は驚いた。

「実は私、ＷＷＦ（世界自然保護基金）からの依頼を受けて、チベットにある特別保護区で三年と少し、中国の研究者といっしょに白猩猩の研究をしてきました。当地における棲息頭数はすでに七頭です。そのうちの貴重なツガイでした」

「そんな生き物がどうして北岳にいるんです」

彼女はかすかに眉をひそめ、こういった。

「保護区から違法に捕獲され、飛行機でロシアに運ばれる途中、消息を絶ちました」

「なんてことだ」

杉坂は言葉を失った。

「その件に関して、こちらのおふたりの方から説明していただく」

沢井課長はあらためてジェーンの隣にいるふたりの男性を紹介した。

「防衛省情報本部からお越しの、佐久間三等陸佐と船越三等陸佐だ。おふたりとも、航空機事故についての調査をされておられる」

「防衛省の情報本部……」

杉坂は驚いた。情報本部は防衛省の特殊機関であり、内外の諜報に関わっている。

眼鏡の男性――佐久間がいった。

「先日、北岳で目撃された火球ですが、あれは流れ星ではなく、航空機事故だったとわれわれは見ております。おそらく空中で火災を起こした飛行機が墜落し、それがたまたま動画撮影されたものと思われます」

「飛行機が、山に墜落したのですか」

佐久間が頷いた。

「一昨日《おととい》、ロシアに本部を置く国家間航空安全委員会（ＩＡＣ）からこちらの政府あてに連絡が入り、当日、ロシア国籍の輸送機が消息を絶ったという情報が伝わってきました。チベットにあるラサ・クンガ空港を飛び立ち、ウラジオストク国際空港に向かっていたようですが、途中でコースを外れ、我が国の領空に入ってしまったらしいんです」

「なぜ、わざわざコースを外れたんですか」

「当日の気象図を見て推測するしかないんですが、おそらく中国大陸から張り出した強い低気圧を迂回するつもりだったと思われます」

佐久間がいった。「自衛隊から領空侵犯の通告があったにもかかわらず無視され、しかもその日のフライトスケジュールの該当機がなかったため、築城基地から自衛隊機がスクランブル発進したんですが、接触できずに帰還したそうです。おそらくその時点ですでに墜落していたんでしょうね」

「つまり……稀少種のサルを密輸しようとしていた輸送機が、領空侵犯をした上、北岳付近の山岳に墜落した……」

そうつぶやいた杉坂の脳裡に浮かんだものがあった。

「実は昨日、北岳山荘で登山者らしからぬ外国人男性の遭難者を保護したんですが、まさか……」

病院の関係者からは、その外国人はたしかに英語をしゃべるが、ロシアか東欧辺りの訛《なま》りがあると伝えてきたという。

「実はその情報を得て、こちらにうかがいました」

佐久間がはっきりとこういった。「遭難者が輸送機の搭乗者である可能性がありますす」

「スギサカさん」

しばし黙していたジェーン・チャオがいった。「輸送機のオーナーはロシアの企業ですが、前々から稀少生物の密売にかかわっていたようです。しかもロシアン・マフィアとの関係が噂されていました」

「なんてことだ」

杉坂が驚いてつぶやいた。

「一刻も早く、白猩猩を発見しなければなりません。その前に話を聞きたいので、墜落した輸送機の搭乗員に会わせてください」

「それはかまわないのですが、当人は記憶喪失らしくて……」

「かまいません」

ジェーンが強くいった。

杉坂はしばし口を引き結んでいたが、頷いた。

「わかりました。ご案内します」


杉坂は、警察車輌であるホンダ・アコードの助手席に座っていた。

運転席には横森一平が座り、ステアリングを握っている。

後ろのシートにはゲストがひとり――霊長類学者のジェーン・チャオ博士が乗っていた。

後続する漆黒のトヨタ・クラウンがミラーに映っている。防衛省情報本部の佐久間と船越の車である。

二台は南アルプス市を離れ、甲府市内に入ったところだ。

「チャオ博士。うかがいたいのですが、保護区から違法に連れ出されたその……白猩猩は、どうして堂々と空港から飛行機で国外に運び出されたんです？」

杉坂が振り返って訊いた。

「計画的な犯行だったと思います」

彼女は車窓の外を見ながらいった。「ロシアの企業から地元の行政と空港関係に多額の裏金が渡っていたはずです。あるいは保護区の管理責任者にも」

「それであっさりと国外に運び出せたわけですね」

「ロシアに向かった飛行機が途中で消息を絶ったという情報があって、すっかり諦《あきら》めていたところでした。たまたま私たちのスタッフのひとりが、ウェブサイトの記事で〝北岳の雪男〟の写真を見つけたんです。それからＹｏｕＴｕｂｅにアップロードされていた〝流れ星〟の動画も見ました」

「偶然とはいえ、驚きですね」

「はい」

ジェーンは少し笑った。「白猩猩が棲息していたのは崑崙山脈の奥、標高が三〇〇〇から四〇〇〇メートルの寒い雪山です。だから、南アルプスの寒さの中でも生き延びることができたのでしょう」

「山小屋を荒らしたり、登山者のテントを襲撃したりしたのは、つまり餌を求めてのことだったんですね。狩猟者二名も襲われていますが？」

「それは護身のためだと思います」

「なるほど……」

フロントガラスの向こうに、甲府中央病院の建物が見えてきた。

ここは屋上に広いヘリポートがあり、ドクターヘリの発着とともに、山岳事故で要救助者を搬送《はんそう》してくる県警ヘリ〈はやて〉や消防防災ヘリ〈あかふじ〉が使用することが多い。

二日前に北岳山荘で発見された外国人男性の遭難者も、この病院に搬送されている。

杉坂は北岳にいる星野夏実隊員から、無線による報告を受けていた。

もうひとりの猟師、川辺三郎の消息は依然として不明。小尾を発見したトラバース道から北岳山荘まで足跡をたどったが、天候の急変でかなりの降雪となり、現在は北岳山荘の冬季避難小屋に入っているそうだ。

二台は病院のエントランスに入った。

杉坂と横森がアコードから降りた。車体の後ろに回った横森がドアを開き、後部座席のジェーンを降ろす。佐久間たちのクラウンは、少し離れた縁石沿いに停車した。運転席のダッシュボードの上に、〈特別公用車〉のプレートを立てて、ふたりが降りてきた。

杉坂は横森に駐車場で待つように指示し、彼らとともに病院の建物に向かった。

自動ドアを開いて入ったとたん、外来フロアがやけに騒々しいのに気づいた。

ふだんは走ったりしない白衣の看護師が二名、あわただしく受付や他の窓口に駆け寄っては話している。杉坂たちが立ち止まって見ていると、そのうちのひとりが気づいて振り向いた。

まだ若い看護師が杉坂のところにやってきた。

「南アルプス署の方ですね」

制服を見て、すぐにわかったのだろう。

「地域課の杉坂といいますが。いったい……」

すると彼女はこういった。

「ご面会の予定だった患者さんが、病室からいなくなったんです」

あっけにとられた杉坂。彼の後ろにいた情報本部の佐久間が足を踏み出して、杉坂と肩を並べた。

「詳しくご事情をうかがいたいんですが?」

「少々、お待ちください」

そういって看護師は受付に走り、内線電話を取って誰かと話していたが、それを置いて振り向いた。

「こちらへどうぞ」

足早に歩き出す看護師の後ろを、杉坂と情報本部の二名、そしてジェーン・チャオが追った。

通路をいくつも曲がって歩き、エレベーターに乗って五階で降りる。

外科病棟である。杉坂も救助者との面会などで、何度かこのフロアに来たことがある。

突き当たりにある個室のひとつに看護師が入った。杉坂たちも続いた。

やや狭い病室の窓際に病床が置かれている。シーツが乱れているが、そこには誰もいない。その代わり、白衣姿の男性が、病床の傍《そば》に立っていた。

胡麻塩《ごましお》頭で眼鏡をかけた五十代ぐらいの医師であった。

看護師が彼に杉坂のことを告げると、医師は神妙な顔で頷いた。

「こちらの患者さんの担当医をしてます、石上《いしがみ》といいます」

白衣の胸ポケットにＩＤカードがクリップで留められていて、〈石上俊郎《としろう》〉と読めた。

「南アルプス署の杉坂です。患者の外国人男性がいなくなったと聞きましたが」

石上は表情を硬くして頷いた。

「二時間前に看護師が検温にきたときは寝ていらしたということなんですが、ついさっき、別の看護師が、この病床から消えているのに気づきました。手分けをして院内を捜索しているのですが、まだ見つかりません。外出された可能性があります」

「外出……」と、杉坂がつぶやく。

「搬送されたときは極度の疲労の他は顔に擦り傷があったぐらいでした。だから、こちらに入られてもご自分の足でトイレに行くなどされてました。ただし、着ているものがパジャマなので、院外に出られたら目立つと思いますが」

するとと佐久間がこういった。

「外でタクシーを拾ったなどということは考えられませんか」

杉坂が彼を見た。「おそらく無一文なはずですが」

「そういえばそうですよね」

佐久間が口をつぐんだ。

「発見以来、ずっと記憶喪失だったということですが、容態などに変化はありませんでしたか？」

少し訛りのある日本語でジェーン・チャオ博士がいった。

「実はそれが……」

石上医師が眉根を寄せていった。「あくまでも個人的な主観なんですが、昨日の午後辺りから、どうも記憶を取り戻しておられたんじゃないかと思うんです。相変わらず、こちらからの質問に、ほとんど返答らしい返答もなかったのですが、表情や態度に不審な感じがしたんです」

「つまり記憶が戻りながらも、自分でそれを隠していた？」

佐久間にいわれ、石上医師が頷いた。「ええ。そのように思えました」

そのとき、杉坂の脳裡にひらめいたものがあった。

「消えた外国人は、北岳で発見当時、遭難死した登山者の衣服を着用していました。

やはり事故ではなく、他殺だったのかもしれません」

　すると佐久間とともにいる船越がこう訊いた。

「その登山者の遺体から死因はわからなかったのですか？」

「獣や鳥などに荒らされて、ご遺体がかなり損傷していましたし、行政解剖の結果、とくに事件性がないということで、ご遺族に引き渡されました」

「だったら、どうして他殺といえるんです」

「刺し傷や首を絞めた痕などがなくても、殺人の可能性はあります。標高三〇〇〇メートルのマイナス気温です。意識を奪ってその場に放置すれば、人間はあっさりと死に至ります」

「武器などもなしに可能ですか？」

　杉坂は少し吐息を洩らしてから、こういった。「あくまでもこれは想像なんですが、もしも当人が飛行機の乗員ではなく、ロシアン・マフィアの関係者だとしたら……」

　病室が静まりかえっていた。

　佐久間と船越、ジェーン・チャオが硬直したように黙っていた。

　杉坂はズボンのポケットからスマートフォンを取り出した。

「緊急配備を要請します」

そういって県警本部の電話番号を呼び出した。

6

トラバース道が尾根筋のルートに合流する場所に、夏実と静奈、二頭の救助犬。そして深町が立っていた。

県警ヘリ〈はやて〉は小尾を収容し、付き添いで関が同乗して、甲府方面に飛び去っていった。それから三人と二頭で、雪のトラバース道を南に向かって走った。

いつしか北岳頂稜をすっぽりと濃いガスが覆っていた。

明らかな雪雲とわかる、輪郭が不鮮明な真綿のような灰色の雲が、西の空から北岳方面に向かってだんだんと押し寄せてきている。風が強くなり、ときおり地吹雪のように地面の雪を巻き上げる。

高空の雲は西から東へ流れるのに、地表の風は逆向きだ。

「気圧がえらく下がってるようだな」

深町が風音の中でいった。

それは夏実にもわかった。標高の高い山に長くいると、気圧の変化には敏感になる。よくいわれるように、過去の骨折箇所などの古傷が疼《うず》いてきたりもするが、もっとストレートに空気の変化が体で感じられるのである。

天気予報ではそんなことをいっていなかったが、何しろ標高三〇〇〇メートルの山だ。

ここが猛吹雪に見舞われているときに、麓では日が差していたりする。

「まとまった雪が降るかもしれない。ひとまず北岳山荘まで行きましょう」

静奈にいわれて深町が頷いた。

捜索は続行したいが、こうも天候が荒れると、自分たちの避難場所の確保が必要となる。吹雪《ふぶ》いてきたら視界が利かず、要救助者の発見が困難になる。しかも肝心の救助犬の嗅覚も性能を発揮できない。

静奈とバロンを先頭に、続いて夏実とメイ。しんがりに深町がつく。

稜線の下り道を走っているうちに、風がさらに強くなってきた。

いつの間にか空は雪雲にすっかり覆われ、西から吹く風に粉雪が混じった。それが五分と経たないうちに大粒の雪となり、たちまち地表に積もっていく。

先行者――おそらくトラバース道から歩いてきたもうひとりのハンターの川辺だ――のスパイク靴の痕が、たちまち雪に覆われて見えなくなってしまった。

ゴウッと山が哭《な》いた。

東側の斜面から駆け上がってきた濃厚なガスが、稜線を越して、反対側の斜面を駆け下っていく。まるで巨大な白い竜がうねりながら山を越しているようだ。

そのガスの合間に、北岳山荘の赤い建物が見え隠れしていた。

三人と二頭は一気にそこまで突っ走る。

手前のバイオ式の公衆トイレの建物を過ぎて、山荘の側面にある冬季避難小屋への外階段の下で立ち止まった。階段のステップにも、すでに数センチほどの雪が積もっていた。しかしよく見ると、足跡の凹凸がかすかにわかる。

メイとバロンがその足跡に顕著な反応を示した。

誰かがこの冬季避難小屋を使っていたようだ。おそらく昨夜から今朝にかけてだろうが、足跡の主が川辺である可能性は高い。彼の足跡はこの山荘に向かっていたし、他に夜を過ごせる場所がないからだ。

犬たちを階段の下に残して、三人が慎重にステップを踏んで登った。

相手が猟銃を持っているということで、ふだんの救助と違って緊張がともなう。先頭は静奈である。階段の上でゆっくりと扉を開き、中に飛び込んだ。

夏実と深町が続く。

小屋の中には誰もいない。靴脱ぎ場には泥と小石がいくらか落ちていた。いずれも乾ききっているので、何日も前の登山者の痕跡だと思われた。川辺が履いていたスパイク付き長靴らしき痕はなかった。

「メイ、おいで！」

「バロン、カム！」

夏実と静奈がそれぞれの救助犬を呼ぶと、二頭が素早く階段を駆け上ってきた。冬季避難小屋の中に入ると、床や壁などに鼻を向けて嗅ぎ回る。他の登山者たちの臭跡があるはずだが、犬たちはそれを嗅いでいるのかもしれない。

「川辺さんは昨夜はここで宿泊したはずです」

夏実がはっきりいうと、深町が神妙な顔になる。

「犬たちは川辺さんの痕をたどってきた。もし、この部屋に入っているとしたら、臭いを嗅ぎつけるはずだな」

「そうですね」

夏実が困惑してそういった。

そのとき、外階段を誰かが上ってくる足音がした。

静奈がすぐに向かう。夏実たちが続く。

するとちょうど開きっぱなしの扉の外から、雪まみれのふたりが姿を現した。顔や衣服が雪をかぶっていて、人相はもちろん外観すら定かでない。しかしひとりが猟銃らしきソフトケースを肩掛けしているので、夏実は驚いた。

「進藤さん……滝沢さん？」

ふたりが頭や肩の雪をはたき落とす。救助隊の制服であるゴアテックスのジャケットが現れた。やはり〈K-9〉チームリーダーの進藤諒大である。隣で猟銃を肩掛けし、立っているのは、広河原山荘管理人の滝沢謙一。

ふいに軽やかな足音がして、進藤の相棒である救助犬リキが雪をかぶった姿で入ってきた。進藤の足元に来るなり、激しく胴震いをして雪を飛ばした。

メイとバロンが勢いよく尻尾《しっぽ》を振った。

外の吹雪のせいか、無線の受信感度が悪かった。

杉坂副隊長の声が夏実のトランシーバーに途切れ途切れに入ってくる。

甲府中央病院に入院していたあの外国人の遭難者が、病室から忽然《こつぜん》と姿を消したということがわかった。さらに北岳で目撃された謎の生物が、チベットの山奥で保護されていた稀少な類人猿であり、それを追ってイギリス人の専門家が来ているとのことだ。

夏実は聞き取りづらい杉坂の声を必死に拾った。

――もうひとつ……火球……だが、あれは……は航空機事故らしい。病……ら消えた外国人は……その生存者……だ。

「しかし、なぜ病院から逃げたんでしょうか？」

――きっと……た記憶を取り戻し……んだろう。自分が犯……にかかわっていた……だ。その類人……は保護区から違法に捕獲され、国外に持ち出されていた。つ……密輸だっ……ようだ。しかも彼自身、その密輸……加担していた可能性が……る。

「それって、どういうことですか」

——墜落……航空機はロシア……社の所属だが……犯罪組織とのつながりが噂されているらしい。先日、ご遺体で発見……た宮内さんも、遭難死ではなく他殺という可能性も出てきた。

それを聞いて、夏実は心底、ゾッとした。

——県警本部に〝緊配〟を要請し……、じきに確保できるはずだ。

「わかりました」

——ところで、そちら……状況……どうだ？

「進藤さんたちと無事に合流できましたが、猟師の川辺さんの行方は依然としてつかめません。足跡をたどってきて、北岳山荘で一夜を明かしたと思われるんですが、冬季避難小屋には彼の痕跡や臭跡がないんです」

——山の上……天気がか……荒れているようだ……が。

「すっかり吹雪になってしまって、捜索も中断している状況です。気温もかなり下がっています」

——わか……た。そちらもくれぐ……理をするな。

「諒解。交信終了します」

トランシーバーのPTTボタンを離すと、夏実はそれを床に置いたザックのホルダーにしまい込んだ。

まず、静奈と目が合った。それから深町。

さらに進藤と滝沢が夏実を見つめている。

全員が犬たちとともに狭い冬季避難小屋の中に座っていた。

「つまり……」

深町がいった。「〝雪男〟の正体は、違法に輸送中だった珍種のサルだったわけだ」

「それがよりにもよって、この近くの山に飛行機が墜落したってことね？」

あきれた顔で静奈がいった。

「あながち〝火球〟と無関係でもなかったわけだ」と、進藤。

「エンジン火災か何かだったんだろうけど、こんな山の上に落ちてよく助かったものだな」

深町が腕組みをしながらいう。「乗員が少なくとも一名は生存し、運ばれていた類人猿も生きている。それもおそらく……二頭」

「やっぱり駆除はいけない」

夏実がいった。「安息の場所から無理に連れてこられ、こんなところに放り出されたら、たとえどんな人間だってパニックになります」

「どうすればいいの？」と、静奈に訊かれた。

夏実は少し考えてから、ふいに思い出した。

「副隊長がいってたけど、保護区でその類人猿を研究していたイギリスの学者さんがこっちに来てるって。その人に捕獲……というか、保護をお願いできないでしょうか」

「三〇〇〇メートルの山の上だぞ」

進藤がいうと、傍に座っていた静奈がフッと笑った。

「もともと類人猿が棲んでいたのは崑崙山脈なんでしょ。保護区だって、きっとかなり標高が高い場所だったと思う。きっと高地に馴れてる人でしょうね」

それを聞いて夏実の表情が明るくなった。

が、ふいに窓の外に降りしきる雪を見る。

「いずれにしても、この天候が回復しないと……」

そうつぶやき、唇を少し噛《か》んだ。

7

甲府市内貢川《くがわ》の街区で、側溝に脱輪したまま動かないタクシーがあると、地元民から一一〇番通報があった。

甲府署からパトカーが駆けつけると、タクシー会社所属の車輛で、運転手はステアリングに身を預けたまま、気を失っていたらしい。制服の上着とシャツ、ズボン、革靴などが奪われていて、本人は下着姿だった。

証言によると、乗客は四十代ぐらいの外国人で、金髪の白人。日本語がまったくしゃべれず、片言の英語で「とにかく病院から遠くへ」と指示されたらしい。何しろパジャマ姿のままだし、いかにも怪しいので、タクシー無線で通報しようとしたところ、後ろから頭を強打されたという。

車は道路を外れて路肩にスタックし、運転手はその場で気絶していた。

それから四十分後、現場から二キロばかり離れた住宅地を警ら中のパトカー乗務員が、路地をひとりで歩いている不審人物を発見。

職務質問をかけるまでもなかった。

四十代ぐらいの金髪の外国人で、着衣はタクシー会社の制服だった。

激しく抵抗しようとしたため、パトカーの警察官二名が取り押さえ、手錠をかけた。

被疑者は甲府署に連行され、取り調べを受けることになった。


その報告を受けて、杉坂たちは甲府署に向かった。

二台の車輛を駐車場に停めると、ジェーン・チャオ博士や情報本部の佐久間、船越とともに署内に入る。南アルプス署地域課長からあらかじめ用件を伝えてあったので、簡単な挨拶だけで刑事課のフロアに通された。

しかし被疑者はパスポートなどの身分証明のない外国人であり、テロ関係の疑いがあるということで、警備課の受け持ちになっているという。そこでフロアを移って警備課に出向く。佐久間たちが防衛省から出向いてきたということもあって、簡単なやりとりだけでそのまま取調室に案内された。

狭い室内に置かれた飾り気のない机の向こうに、被疑者の白人男性が座らされている。

ボサボサの金髪で、パジャマの上に、タクシー会社の制服らしきスーツの上下といった姿。足元は素足に革靴を履いている。

青白い顔で俯《うつむ》いていたが、杉坂たちが入ってくると、ゆっくりと顔を上げた。

「名前はミハイル・ジューコフ。ま、おそらく偽名の類《たぐ》いだと思いますがね」

白シャツにくたびれたネクタイをひっかけた小柄な刑事がそういう。甲府署警備課の城村《しろむら》警部補と名乗った。

「英語は話せるのですか？」と、ジェーンが訊いた。

「それがどうも、とぼけられて……ロシア語もダメ、英語もダメ。もちろん日本語も」

城村は弱った表情で頭を掻く。隣にいるセーター姿の中年女性は通訳担当だということだった。

「最初に北岳山荘で見つけたときは、うちの隊員と片言ながら英語の会話をしていたようですが――」

杉坂がいうと、城村が不機嫌にこう返した。

「言葉の壁を都合良く逃げ場にされてんです」

通訳の女性も疲れ切ったような顔をしている。

「彼の身柄ですが、うちのほうで預かりたいのですが」

佐久間がいうと、城村は驚いたようだ。

「防衛省に引き渡すわけですか」

「領空侵犯という国防に関わる事案ですし、当事者である疑いが濃厚なので、ぜひこちらで取り調べをしたいと思います」

「もちろん。断る理由なんかありません」

城村は嬉《うれ》しそうにそういった。

ろくに言葉も通じない外国人の被疑者である。いっそのこと防衛省で預かってもらったほうが重荷を下ろせるのだろう。

「そのまえに少し、私にまかせていただけますか?」

その声に全員が注目した。ジェーンだった。

返答も待たずに彼女は自称ミハイル・ジューコフに向かって顔を突き出し、机に両手を突いた。

——Сколько из них выжило?(かれらは何頭、生き残ってるの?)

それまでの声よりもわざとトーンを低くして、彼女がいった。

ロシア語のようだった。

男が何か返してきた。ロシア語でイエスとノーにあたる、ダーとニェットという言葉を交えて返事をするようになった。

目の前にいる女性がロシア語に堪能とわかって、観念したのかもしれない。

何度か、問答を繰り返したりしているうちに、やがて男の様子に変化が見られた。

視線が泳ぎ始めたのだ。表情もそれまでと違って、ひどく落ち着かないようだ。

ジェーンの質問に、逐一、ていねいに答え始めた。

「驚いたな。やけに素直になったじゃないか」

杉坂が感心してつぶやいた。「彼女、何をいったんだ？」

やがてジェーンがゆっくりと向き直った。

「正直な答えをいわないと、ロシア政府に身柄を渡すといいました」

杉坂は驚いた。

「それだけで？」

「高度な政治的機密に関する情報漏洩《ろうえい》は、あの国ではきわめて重罪となります。しかも彼は非合法な犯罪組織の一員です。厳罰はまぬがれません」

向き直って彼女はいった。

「ここでの用件は終わりました。密輸の航空機の墜落と、その後の事実に関する証言が取れたので、あとは現地に足を運ぶだけです」

取調室を出る彼女を、杉坂が追いかけた。

「現地?」

ジェーンは足を止め、こういった。

「北岳に連れて行ってもらえますか」

杉坂はあっけにとられた顔で彼女を凝視した。


横森が運転するホンダ・アコードは、南アルプス市に戻っていた。

後部座席にいるジェーンは、ふたたび乗車して以来、興奮したようにしゃべっている。

「――墜落で生き残った白猩猩は二頭だということです。あの人がいっていた特徴からして、保護区で私たちが〈オーガスト〉と〈エイプリル〉と名付けていたツガイだと思います」

「〈オーガスト〉に〈エイプリル〉ですか……」

彼女は頷き、助手席の杉坂にこういった。「それぞれ、私たちが捕獲したその月から名前をつけました」

「捕獲？」

「今は研究施設の中で人工飼育をしています」

彼女は悲しげにいった。「残念ながら現状では、自然環境の中での棲息が不可能となり、人間に管理された環境の中で、わずかな生き残りの白猩猩たちが暮らしているんです」

「どうして自然の中で生きられないんですか」

「地球の温暖化による平均気温の上昇や、開発による棲息環境の荒廃などがありますが、まず第一の原因は密猟です」

ジェーンは悲しげにいった。「白猩猩の肝が万病に効くと、昔から中国では信じられてきました。そのため、法外な値段で売れるのです。五年前までは棲息地域に取締官を派遣していたんですが、その取締官が賄賂《わいろ》を受け取って野放し状態だったり、取締官本人が密猟をしていたこともありました。何よりも現地の行政が暗黙にそれを認めていた節があります。〈オーギー〉たちも、施設の管理者が密かに麻酔を使って運び出したのです」

〈オーギー〉は〈オーガスト〉の略称らしい。

「そうだったんですか」

杉坂には彼女の気持ちがようやくわかった。

「ところで彼はやはりロシア人のようですが、白猩猩をロシアに持ち込んでどうしようとしていたんですか。先ほど、高度な政治的機密だとおっしゃってましたが？」

「軍事的な研究目的のようです」

ジェーンの言葉に杉坂はショックを受けた。「……まさか？」

「かれらが棲息していた山域は、六〇年代に中国が何度も核実験を行ったタクラマカン砂漠に隣接していました。そこでかなりの濃度の放射能汚染にさらされながら世代交代してきた類人猿なのです」

「つまり放射能の耐性に関する研究というわけですか」

「……あくまでも推測ですが」

杉坂は眉根を寄せた。

けっきょく稀少生物の多くは人間という種による被害者なのだ。

不明生物に最初から情を寄せていた星野夏実の気持ちが、今になってようやくわかったような気がした。

杉坂はスマホを制服のポケットから抜くと、沢井地域課長の電話番号を呼び出す。

「杉坂です」

スマホを顔に当てていった。

——そちらの状況はどうだ。

「ご報告の前に、ヘリのスタンバイをお願いします。北岳に向かいます」

——現地の天候が荒れ模様だが、収まり次第、フライトできるはずだ。

「わかりました」

それから杉坂は事情を伝えた。

8

芝山はＹｏｕＴｕｂｅの投稿動画が百万アクセスを突破する夢を見ていた。

嬉しくてたまらなかった。まさに天にも昇るような気持ちだった。はるばる北岳まで行った甲斐《かい》があったというものだ。限界ギリギリの疲労と極寒に耐え、必死に三〇〇〇メートルの山に登ったことを、きっと神様が評価してくださったのだろう。チャンネル登録数はうなぎ登りに増えて、今や〈ガラダマｃｈ〉の人気はトップチャートに躍り上がった。

その喜びに震えているさなか、だんだんと息苦しくなってきた。

興奮のあまりに体がどうかしたかと思ったら、やがて、呼吸ができなくなった。

ふいに――目が覚めた。

目を開いているのに、視界が闇だった。

（え――！）

思わず心の中で声を放った。

顔の前に何かがあることがわかって、手で払おうとしたが、その手が動かなかった。いったい何が起こっているのか判然とせず、たちまちパニックに陥った。身をよじって暴れる。しかし金縛りに遭ったように、体が動かない。

呼吸は相変わらず困難だ。

何かが鼻と口にぺったりと張り付いていて、ほとんど息ができないのである。

強引に身をよじると、何とか右手が動いたので、顔の前に持っていき、そこに隙間を作った。おかげで少し息をするのが楽になった。

その代わり寒さが襲ってきた。

全身が凍ったように冷たい。体が震え、奥歯がカチカチ鳴るほどだった。

背中を丸めながら、肩をすぼめて力を込めた。それで少し寒さがゆるんだ気がする。

顔を覆っていたものは、布かビニールだ。そう気づいた瞬間、芝山はハッとなる。

これはテントだ。

氷のように冷たいテントの生地が、顔にペッタリと張り付いていたのである。

必死にそれを押し戻す。しかしすさまじい重量があってままならない。何とか両手をツッパリながら、テントを押しのけて体の前にわずかな空間を作った。

それでようやく安堵《あんど》できた。

何が起こったのか？

だんだんと思い出してきた。

大樺沢沿いのルートを登りきり、何重にも続く梯子の連続に汗を流し、八本歯のコルに到着した。

そのとたん、風が強くなった。それも立っていられないぐらいだった。

雪礫《ゆきつぶて》も痛いほど体にぶつかってきた。

いったん登った鞍部《あんぶ》から引き返し、斜面を少し下った。岩に囲まれた場所を見つけて、そこでビバークすることにした。

ザックを下ろして、中からテントを引っ張り出し、ポールを立てる。風と雪に邪魔されながらも必死に設営した。荷物の一切合切をテントの中に投げ込んで、雪だるまのようになった自分もそこにもぐり込んだ。

すっかり体温を奪われていた。

体を丸くして震えているうちに、いつしか寝入ってしまったのだろう。

その間、雪が激しく降り積もり、テントを押しつぶしてしまったのだ。

危うく凍死か窒息死するところだった。

潰《つぶ》れたテントの中でもがきながら手探りをし、何とか出入り口のジッパーを見つけて、そこを開いた。とたんにどっと雪が圧力をともなって襲ってきた。

芝山は悲鳴を上げた。目を閉じて顔を背けた。

それからゆっくりと目を開く。

潰れたテントの中が大量の雪で埋もれていた。

それを両手でかき分けるようにして、外に這《は》い出した。

冷たい雪面に両手を突いたまま、空を見上げた。

空は鉛色の雲が低く垂れ込めていたが、粉雪がちらほらと舞う程度だった。風はまったくなく、辺りは嘘のように静まりかえっている。

芝山は魂を抜かれたようにポカンとして、雪の上に座り込んだ。

しばし肩を落として呆《ほう》けていた。

そのときになって、ようやく彼は気づいた。

あのまま、ずっと雪が降り続いていたら、きっとその下に埋もれて窒息死していただろう。たまたま天候が回復したから助かったのである。

運が良かったのか。

そう。偶然にも自分は命拾いしたのだ。

ここに入山して以来、ハイになっていたこともあり、すっかり忘れていた。山は死が身近にある世界なのだということを――。

ふと、地響きのような音がして彼は驚いた。

冬枯れたダケカンバの林の合間から、自分がたどってきた大樺沢のルートが見下ろせる。そこを真っ白な雪煙が駆け下りていた。

最初はいったい何が起こっているのかわからなかった。

まるで白い津波を見るようだった。

バットレスから剝がれ落ちた大量の雪壁が、巨大な波となって広がりながら、大樺沢に向かって流れ落ちていた。斜面に立っているダケカンバの疎林を呑み込みつつ、もうもうと雪煙を巻き上げて走り、やがて大量のデブリを積み上げて止まった。

芝山は目の前で起こった出来事をあっけにとられて見下ろしていた。

雪崩だということに、ようやく気づいた。

それはまさに、彼がたどってきた大樺沢ルートを完全に覆っていた。トレイルのあった場所全体に白い小山のようなものができていた。

自分がもしあそこにいたら——。

考えたとたん、恐ろしさがこみ上げてきた。

芝山は悲鳴を洩らすところだった。

突如、下から風が吹いてきた。

今し方の雪崩が作り出した風だと気づいた。空気が圧縮されて生じたのだろう。雪交じりの突風がダケカンバの枝々をカラカラと揺らし、彼の顔を叩き、衣服をはためかせてから、ふいに止《や》んだ。

沈黙がまた訪れた。

静まりかえった冬の山。キリリと冷たい空気。凍り付いたダケカンバの木々と一面の雪。

そこはまさに死の世界であった。

宇宙空間にひとり取り残されているような、恐ろしい孤独感があった。

ゆっくりと顔を上げ、眼前にそびえる北岳バットレスの大岩壁を見た。

複雑怪奇に入り組んだ岩襞《いわひだ》のひとつひとつが、まるで彼を見つめているような気がした。そこにはあまりに重々しい無言の威圧のようなものがあった。

じっと見ているうちに、芝山はこの場所が、この山という世界が恐ろしくなった。

バットレスから目を離して、雪の中に座り込んだ自分の足を見つめる。意味もなくじっと見下ろす。

都会に戻りたかった。

暖かな暖房のある自分のマンションの部屋に帰りたいと心底から思った。

しかしそれには、自分の足でまた歩いて戻らねばならない。寒さに震え、疲れ切ったこの体で、果たして無事に生きて戻ることができるのだろうか。

自信がなかった。

だから漫然として自分の死を意識した。

誰もいないこの雪山で、ひとり死んでゆくのか。そのことを思うと、心の中が真っ白になるような気がした。

芝山はグローブをはめた両手で顔を覆った。

そのままどれだけの時間、じっとしていただろうか。

両手をゆっくりと顔から離し、同時に目を開いた。

自分の周囲の景色を見た。

抜けるような青空の下、絵に描いたように美しい銀嶺《ぎんれい》が連なっている。

漠然と見ているうちに、それまでなかったある意識が心の中に生じていた。

なんてきれいな、美しい景色なのだろうか。

まるで神が作り出した庭園のようだった。

この北岳に入山して以来、ＹｏｕＴｕｂｅのことばかり考えていた。落ち着いて周囲の景色なんか見たことがなかった気がする。自分が撮影した動画が人気を博し、再生回数、チャンネル登録数が大幅アップ。ふたたび人気ランキング入りする。それしか頭になかった。だから自分自身の足で踏み込んだ雪山の素晴らしさ、価値に、まったく気づかなかったのだった。

大きく口を開けて、息をした。

白い呼気が風に流れる。

ふいに涙がこぼれそうになって防寒グローブで拭った。洟《はな》をすすり、また息をして、周囲を見た。

自分が知らなかったこんな世界があったのだとあらためて思った。

安西や大葉たちは、いつもふたりでこういう場所に来ていたのだ。その気持ちが今になってようやくわかった。登山者たちが苦労して雪山に登る。その歓《よろこ》びを、ひしひしと体感することができた。

ここは本当に怖い世界だ。

しかし——来て良かったと思った。心の底から、そう感じた。

そのとき、芝山は肩越しに振り向いた。

背中に視線を感じた気がしたのだ。

誰かが後ろにいるのかと、芝山は雪景色を凝視した。

木の間越しに八本歯のコルの稜線が見えている。そこにじっと注目した。そこに何か、小さな影があったが、すっと動いて見えなくなった。

芝山は立ち上がる。

雪の下につぶされたテントの中から、ザックを引っ張りだした。急いでそれを背負うと、足早に歩き出す。

何かに憑かれたように、夢中で斜面を登った。

やがて八本歯のコルに到達する。左は荒々しく屹《き》り立った八本歯の懸崖《けんがい》がそびえ、右は北岳頂稜に向かう吊尾根。そこに向かって少し足を踏み出してみた。

急峻《きゅうしゅん》な崖にかかった長い梯子が二カ所。そのてっぺんにさっきの人影が見えた。

芝山は驚いて棒立ちになった。

人ではなかった。

純白の被毛に覆われたずんぐりとした体軀《たいく》。長い前肢。

その姿を見た瞬間、時間が止まったようだった。

芝山はあっけにとられたまま、口を半開きにし、凝視していた。

それはじっと定位し、彫像のように動かなかった。

芝山自身も金縛りに遭ったように動かない。魂を抜かれたように虚ろな表情のまま、白い類人猿を見つめるばかりだ。

まるで山の神が姿を現したかのように思えた。

見ているうちに、それは悠然と踵《きびす》を返し、芝山に背を向けて向こうに歩き出した。尾根の鞍部に下りたらしく、すぐに姿が見えなくなった。

まだ棒立ちだった。

ハッと我に返り、今、自分が見たものを意識の中で繰り返した。

「〝雪男〟や……」


ポツンとつぶやいてから、ようやく気づいた。

あわてて衣服の中に手を突っ込み、スマートフォンを引っ張り出した。

電源を入れる。

Ａｎｄｒｏｉｄの文字が表示され、デモ画面がもどかしく続き、ようやく待ち受けモードになると、あわてて動画のアイコンをタップする。

それをかまえたが、もう二度とそこにあの影は出現しなかった。


太陽はまだ空にかかり、日が暮れるまで時間はある。

八本歯のコル。その雪の上に座り込んだまま、芝山はしばし呆けていた。

傍らに彼のザックが転がっている。

念願の〝雪男〟に会えた。

動画で撮影できなかったのは残念だが、遭遇したことは事実だった。

そのことが、それまで自分に憑いていた恐怖心をすっかり払拭《ふっしょく》していた。

降雪でテントごと押しつぶされそうになったこと。自分がたどってきたルートを、巨大な雪崩が押しつぶしてしまったのを目撃したこと。そして何よりもこの冬山に対する畏怖《いふ》の気持ちが、さらにこの雪山の神聖な景色に心打たれたことが、いつしかフェードアウトしてしまっている。

何とかよろりと立ち上がって、膝に手を当てて息をついた。そうして顔を上げた。

その場に立ったまま、最前、〝雪男〟がいた場所を見た。

長い梯子が二段になった先、岩場の上である。

そこにあいつがいた。

本当に存在していたのだ。

じっと見ているうちに、また欲が出てきた。

いや、探究心というべきではないか。このまま帰るなんてもったいない。

この景色、この素晴らしい山の世界に、あの〝雪男〟がいた。本当に存在していた。

そのことを、誰かに知ってもらいたい。

安西たちにスマホで電話を入れることも考えたが、それよりも自分らしいアッピールがある。

そう。俺はＹｏｕＴｕｂｅｒだ。

この山で撮影した動画は、帰宅してから編集し、音楽を入れたり、テロップを入れたり、他の効果を入れたりしてからアップロードするつもりだった。

しかしＹｏｕＴｕｂｅにはそれとは別に、動画のライブ配信という機能がある。自分が撮影している動画を、リアルタイムにネットに載せて、不特定多数の視聴者に観てもらうというものである。

今、まさに自分がここにいる。日本で二番目に高い北岳という山にいて、こんな素晴らしい景色を前に感動している。そして自分は幻の〝雪男〟に巡り会えたのだ――そのことを、大勢の視聴者にアッピールしよう。

芝山はそう思ったのだった。

背負っていたザックを下ろすと、中をまさぐってジンバル付きウェブカメラを見つけて取り出した。防寒グローブを取って素手になると、それをケーブルでスマホにつなぐ。

バッテリーが充分あることを確認してから、ＹｏｕＴｕｂｅアプリを立ち上げ、自分のアカウントでログインした。

スマホから動画のライブ配信をするには、チャンネル登録数が千人以上なければならない。彼のチャンネルは登録者数が減ったとはいえ、今もなお千人ちょっとの登録者がいた。

ザックの雨蓋を閉めて荷造りをすると、それをまた背負った。

どうせなら一カ所にとどまらず、歩きながらのライブをしようと思ったのである。

芝山は少し緊張しながら、〈ライブ配信を開始〉というアイコンをタップする。

ジンバルを握り、録画ボタンを押した。

小さな液晶モニターに自分の顔が映っていることを確認した。

「こんにちはぁ。おなじみ〈ガラダマｃｈ〉の芝ヤンですぅ」

そういって声がかすれていることに気づき、芝山は何度か咳払いをした。

「えー、すんまへん。〈ガラダマｃｈ〉の視聴者の皆さん。今回は特別にライブ配信ということで、リアルタイムに自分を見ていただこうと思うております。というわけで今、自分がどこにおるのかわかります？」

そういってから、ウェブカメラを持ったまま、ぐるりと三百六十度回って撮影した。

「えろ凄いところにおるでしょ。ほら、雪山ですねん。一面、銀嶺の世界！」

そういってから、カメラを自撮りモードにした。

「ここね。南アルプスの北岳ゆうねんな。みんな、知ってる？　北岳って、標高が三千……えっと」

登山ズボンのポケットから登山地図を出して、標高を確認した。「そや。三一九三メートル。富士山に続いて日本で二番目に高い山や。ま、そのてっぺんやないけどな。きわめててっぺんに近い場所に自分、おるで。この感動をお伝えしたくて、いきなりライブ配信始めてみました～！」

そこまで一気にしゃべってから、また空咳をした。

「また、すんまへん。何しろ、ここって標高が高いから空気が薄いねんな。いつもの声の調子が出ぇへんのは仕方ないってことで。なんでまたこんなところに来たかというとな、ほら、昨今、世間で話題になっとる〝雪男〟や。それに遭ってみとうてな、わざわざ登ってきたんや。まあ、実際に遭遇できたかどうかは、あとのお楽しみゆうことで、ちょっとこれから、ここらを歩いてみようと思うとります」

そういいながら芝山はカメラ片手にゆっくりと歩き出した。

9

「類人猿の研究者が杉坂さんとともに、ヘリでこっちに向かっている」

杉坂副隊長とトランシーバーの交信を終えて、深町がそういった。

北岳山荘の外だった。

つい先刻まで鉛色の雲とガスに覆われ、吹雪いていたのに、今はすっかり晴れ渡っている。あの雪嵐が幻だったのかと思えるほど、抜けるような青空が広がっていた。

それでもさすがに三〇〇〇メートルの稜線。風がだいぶ残っている。

地表に積もった雪が、あちこちで吹き上げられて紗幕のように流れていた。

「俺たちは川辺さんの捜索を続行するぞ」

進藤がいって、足元に停座させていたリキを見下ろす。

彼の傍には静奈とバロン。そしてもちろん夏実もメイを従えて、ふたりの横に立っている。吹き寄せる寒風が犬たちの被毛を分けていた。

「彼は昨日のうちにトラバース道からこの北岳山荘付近にやってきている。どこで夜を明かしたのかはわからんが、この場所から間ノ岳方面に向かった可能性が高い。しかしそうだったら、そっちから戻ってきたわれわれが、どうして本人と遭遇しなかったか、だ」

進藤がいい、夏実が考えた。

「もしかして稜線を離れた……？」

さっきまで黙っていた滝沢がこういった。

「獲物を追うという猟師の足取りを考えたら、ふつうに登山道をたどるよりもむしろ、人が歩かない場所に踏み込むはずです」

「しかし、あの吹雪の中にいたとして、果たして無事に生きているかどうか」

深町がつぶやく。

夏実もそれを心配していた。山のベテランである山岳救助隊の彼ら、彼女らでさえ、この北岳山荘に避難していたのである。いくら山馴れした猟師とはいえ、この山域で雪嵐の中で生存できる確率は低い。

それでも捜索をしなければならない。たとえ、相手がどんな人間であろうとも。

三頭の救助犬を前に立てて、三名のハンドラーが歩き出して間もなくだった。

先頭にいたリキが足を止め、雪の上に鼻先をこすりつけるように嗅ぎ始めた。メイもバロンも、同じ場所で地鼻を使っている。

「犬たちが反応しているな」

深町がいう。

リキが進み始めた。メイとバロンも同じ方向に歩いた。

三頭とも地鼻のまま、興奮した様子で足早に歩く。進藤、夏実、静奈がそのあとを追う。少し離れて深町と滝沢が続いた。

ふいにリキが鼻先を上げて右を見た。北岳山荘の建物に隣接する建物である。

メイとバロンも歩みを止めて頭を上げ、右手にあるその建物をじっと見ている。

角ログを組んで造られたコテージ風の建物。

それは北岳診療所だった。

夏山シーズンの間、大学医学部の医師、看護師、医学部生たちがここに詰めて、登山者たちの怪我や高山病などの診察、治療に当たる。もちろん冬場の今は完全に無人である。

それなのに、入口のドアにわずかな隙間がある。

夏実はそれを見て驚いた。

思わずそこに行こうとして、静奈が片手で彼女を制した。

「待って」

ドアはただ開いているのではなかった。

木造りのそれがひどくひび割れていた。のみならず、ドアノブが壊れてぶら下がっている。しかも出入り口の二段のコンクリのステップに、明らかにスパイク靴のものとわかる雪が固着した痕があった。

「バロン。ステイ！」

静奈が相棒を待機させると、隙間があるドアに手を掛けて、音もなく中に飛び込んだ。

夏実たちは固唾《かたず》を呑んで見守っていた。

やがて静奈が診療所から姿を現した。涼しい顔でこういった。

「大丈夫。中には誰もいない」

犬たちを外に残し、夏実たちは診療所の中に入った。

玄関ホールで靴を脱ぎ、板の間に上がる。木製のドアを開いて、診察室に入った。

机や薬品棚、クローゼットなど、とくに荒らされた形跡はないが、板張りの上には明らかにスパイク靴の痕がいくつもあった。

「ゆうべはこの診療台の上で寝ていたのね」

じっとそれを見ていた夏実が、ふと向き直った。カーテンが開かれたままの窓を見る。

ふいに建物の内部が揺らいだような気がした。

同時に〝色〟が感じられた。

それも赤と黒が複雑に入り交じったような幻色が、夏実の意識に重なっていた。

憎しみ。怯え——そんな負の感情が、ここに残留している。

「どうした？」

深町が振り向いて彼女に訊いた。

夏実は目をしばたたき、自分を落ち着かせた。そしてこういった。

「……ついさっきまでここにいた。私たちが来る少し前に出て行ったはずです」

「まさか？」

静奈がつぶやき、何かに気づいたかのように、ハッと外を見る。

屋外に残していた犬たちの声が重なって聞こえた。

夏実たちが診療所から飛び出すと、三頭の救助犬たちがあきらかに興奮しているのがわかった。しきりに雪の臭いを嗅ぎながら尻尾を振っているのである。

「どうしたんだ」

深町が驚いてそういった。

「川辺さんの臭跡を見つけたんです」

夏実が興奮してそういった。


川辺三郎は焦っていた。

踝《くるぶし》までの雪を踏みしめながら、よろよろと歩き、歯を食いしばっている。四十リットルのザックを背負い、両手で猟銃を抱えるように、俯きがちに歩を進めていた。

夜が明けてから、いったん塒《ねぐら》にしていた診療所を出た。

あの〝雪男〟の足跡を求めて、広い稜線をさまよい続けた。

そうしているうちに、いつしか雲行きが怪しくなってきた。やがて降り始めた雪が大風に乗って横殴りの様相になったため、仕方なく行動を中止し、やむなく北岳山荘まで引き返した。

夜を過ごした診療所にふたたび入り込み、吹雪が止むのをじっと待っていた。

ところがその間に予想外のことが起こっていた。

南アルプス署の山岳救助隊らしいメンバーが犬連れでやってきたのである。

川辺が窓越しに見ていると、別の犬連れの二名が彼らに合流し、小屋のどこかに入っていった。驚いたことに、そのうちのひとりは——滝沢謙一だった。分会の若手であり、広河原山荘の管理人だ。

滝沢が猟銃らしきものを肩掛けしているのを見て、川辺は動揺した。

あいつに先を越される——。

そう考えたとたん、焦燥がつのった。

まだ雪が止まないうちから、診療所を抜け出した。彼らに見つからないよう、降りしきる雪の中をひとりで歩き出した。自分の足跡は雪が消してくれる。だからあとを追われる心配もないだろう。

三十分も歩かないうちに雪が小やみになり、やがて雲が切れて、晴れ間が覗いた。

しかし川辺は疲れ切っていた。

安物の防寒着と防水ウェアのせいで衣類の中まで水気が染み渡り、下着も濡《ぬ》れて体を冷やしていた。ガタガタ震えながら、歯を食いしばって歩き続けた。

どうしてこんなことをしているのか。

何度もそんなことを考えた。

自分にとっての生き甲斐は山しかなかった。狩猟である。獣を追い、追いつめて仕留める。そんな人間の本能を満たすゲームに夢中になり、入れ込んできた。

それは実生活が破綻《はたん》していたためだった。

職場を定年退職して以来、生活保護に頼り、妻のパートの収入の大半も酒につぎ込んでいた。当然、夫婦仲は最悪となり、家庭は荒れていた。

毎年の猟銃の維持費だけでもかなり金がかかる。しかし猟だけはやめられない。

自分が生きている意味はそこにしかなかったからだ。

そんなゆいいつの心のよりどころであったはずの猟も、たった一頭のツキノワグマと遭遇したことの恐怖によって、自信が打ち砕かれようとしていた。俺の居場所がなくなる——そのことを思って、川辺は焦った。

だから闇雲に幻の〝雪男〟を仕留めるということへの執念を燃やしたのである。

そんなときに、猟仲間の小尾があんなことになってしまった。自分たちが狙《ねら》うはずの標的から逆襲されて、崖から転落していったのだ。

その光景が脳裡に焼き付いている。

このまま里に下りることはできなかった。なんとしても奴を撃ち倒してやる。

ふと、川辺は足を止めた。

目の前の雪の上に、大きな足跡があった。

人間のそれのようでかなり大きい。しかも五本の指の痕がくっきりとうがたれている。

「奴だ……」

川辺は舌なめずりをした。

斜めに担いでいたベレッタの猟銃をかまえ直し、レバーを引いて薬室に初弾を送り込んだ。セフティをかけてから、スリングで肩掛けする。

そうして足跡をたどりつつ、ゆっくりと歩き始めた。

10

空はよく晴れていたが、気流が安定していないようだった。

そのため県警ヘリ〈はやて〉は、上下左右に揺れた。ところどころ局所的にエアポケットのようなところもあって、そこを通過するたびにガクッとエレベーターのように下降する。機体のどこかがギシギシと不気味な軋《きし》み音を立てる。

高い山の付近をヘリで飛行するときは、こういう状況はよくあることだが、さすがに霊長類学者のジェーン・チャオ博士は不馴れなようだった。

青ざめた顔で唇を引き結び、右手で自分を固定するシートベルトをつかみ、左手で前の座席の背もたれをつかんでいる。

「博士。大丈夫ですか」

心配になって隣から杉坂が声をかけた。「もうすぐ稜線に到着しますので、しばしのご辛抱です」

ジェーンはこわばった顔をしたまま頷いた。

「スギサカさんたちは、いつもこんなフライトをされているのですか？」

「まあ、いつもということじゃないんですが、標高の高い山での飛行はとかくこういうふうに乱気流に巻き込まれがちです。もう馴れましたけどね」

杉坂は彼女にこう訊いた。「失礼ですが、博士はヘリは苦手ですか」

「チベットでは何度か乗りましたが、あちらの現地のパイロットは操縦が荒っぽいし、ずいぶん墜落事故もあって、なるべく地上から現場に向かうようにしていました」

ジェーンはそういって少し笑う。

すると飯室整備士が前の席から振り返って、こういった。

「荒っぽいという点じゃ、うちの機長も負けないと思いますが、今回はとくにご来賓ということで、機長なりに快適な飛行を心がけていると思います」

「快適な飛行……ですか」

そのとたん、また機体が激しく上下した。

ジェーンが肩をすぼめて目を閉じ、小さく悲鳴を洩らした。

機内側面の窓から、斜め前方に北岳の頂稜が見えてきた。斑模様に雪に覆われた岩壁が急速に迫ってくる。

「山に接近すると風がさらに強くなります。かなりあおられるので、しっかり摑《つか》まっていてください」

飯室にいわれ、ジェーンが黙って頷いた。

三頭の救助犬に導かれるように、夏実たちハンドラーが続き、さらに深町と滝沢があとを追って走っている。全員がかなりの速力である。

川辺のものらしいスパイク靴の痕は、雪の上に明瞭《めいりょう》に残っていた。

犬たちはそこに鼻先を当てながら駆けつづける。

ふいに左手、かすかなヘリの爆音が聞こえてきた。夏実が振り向くと、針でつついた小さな点のように機影が確認できた。

――〈はやて〉から地上班。取れますか。

的場副操縦士の声がトランシーバーから聞こえた。

走りながら応対したのは深町だ。ホルダーからトランシーバーを抜いていった。

「こちら地上班、深町です。どうぞ」

――ゲストとともにそちらに向かっています。現在地を指示してください。

「北岳山荘から南へ、およそ一・五キロ地点。中白峰の手前です。接近すれば、そちらからも見えると思います。二百メートルほど先に開けた場所があるので、ランディング可能です」

――〈はやて〉諒解。

交信を終えて彼らはなおも走り続けた。

ヘリの爆音がだんだんと大きくなり、接近してくる機体もはっきりと見えるようになる。

エンジンの排気音とともに、ローターが空気を切るパタパタというスラップ音がはっきりと聞こえ始めた。

ランディング予定ポイントに到達した夏実たちは、肩で息をしながらヘリの到来を待つ。

稜線よりも少し低い高度で飛行していた〈はやて〉は、ゆっくりと上昇しながら急接近してきた。

耳をつんざくような爆音とともに、彼らのちょうど真上を青い機体が通過した。尾根を少し越した場所で旋回しながら、向かい風に機体を乗せて下りてきた。

台風並みの風速といわれるダウンウォッシュが、辺りの雪を舞い上げる。

雪煙で一瞬、視界が真っ白になるが、すぐに風がそれを吹き飛ばしてくれた。

対のスキッドが接地した瞬間、飯室整備士がキャビンドアを開いて手を上げる。

機内から大柄な杉坂副隊長が機敏に飛び降りた。向き直って、中にいた登山服姿の女性をアシストして、地表に下ろした。

飯室整備士がふたりの荷物などを渡してくれて、杉坂がそれを受け取って足元に置く。

――何かあったときのために、芦安のヘリポートで待機しています。無線で呼んでください！

飯室が口の横に手をあてがって大声で叫んだ。

杉坂が向き直り、防寒グローブに包まれた右手でサムアップする。

キャビンドアが閉じられ、ふいに爆音が高まったかと思うと、〈はやて〉が少し機体を傾がせながら、地を蹴《け》るように急上昇した。

そのまま高度を維持しながら、わずかに機首を旋回させた。

操縦席の窓から納富と的場の姿が見える。ふたりが手を上げているので、夏実たちも敬礼を送った。

県警ヘリ〈はやて〉が滑るように空を飛び、東の山脈に向かって小さくなっていく。

爆音の残滓《ざんし》が耳に響く中、夏実たちはすぐに杉坂たちのところに行った。

東洋系の外国人らしいその女性は、黒髪をポニーテールにまとめ、小柄な体型だった。チェック柄の登山シャツが似合っている。ズボンも登山靴も自前のものだと、夏実にはすぐにわかった。

杉坂が彼女を紹介した。

「ジェーン・チャオ博士。イギリスのセント・クロムウェル大学霊長類研究所で大型類人猿を専門に研究されてる専門家だ」

「こんにちは。ジェーン・チャオです。よろしくお願いします」

彼女は流暢《りゅうちょう》な日本語で名乗り、夏実たちひとりずつと握手をした。

犬が好きらしく、メイたち救助犬を見て、顔をほころばせている。

「日本語がお上手なようですね」と、深町。

「ええ。多少ですが」

ジェーンがそういったあと、杉坂が笑いながら首を横に振った。

「多少どころかかなりのものです」

彼女は恥ずかしげに少し横を向く。

深町が現状報告をした。

二頭の類人猿は依然として行方がつかめず、地元の猟師がそれを追っていること。猟師のひとりが事故で重傷を負い、ヘリで搬送されたことは、すでに杉坂から聞かされて彼女も知っていた。

「一刻も早くその人を止めなければなりません」

焦り顔でジェーンがいった。「〈オーギー〉と〈エイプ〉は、どちらもふだんはおとなしい性格で、決して人を襲ったりはしないのです」

〈エイプ〉は〈エイプリル〉の愛称らしい。

彼らの中で一名、猟銃を肩掛けしている滝沢が少し表情を硬くした。

「でも、現にテント泊をしていた登山者が襲われたんですよ。それにこの山でも稀少になったライチョウも捕食されてしまいました」

進藤の言葉を聞いて、ジェーンがかぶりを振る。

「白猩猩は基本的に木の実や植物などを食べますが、他のサル同様に雑食性で、時として他の動物の死肉を食べたり、小動物を捕食することもあります。ライチョウのことはうかがっていますし、残念に思います。しかし、彼らは決して人間を襲わないし、ましてや人を餌にしたりはしません」

夏実がこういった。

「だとしたら、やっぱりテントを襲撃したのは食料の確保が目的だったんだと思います。山小屋の備蓄が荒らされたってこともあるし、お腹が空いていたんですよ」

「トラバース道でハンターふたりが襲撃されたのはなぜ？」

静奈がいうと、ジェーンが険しい顔でいった。

「GUNです」

「……猟銃？」と、静奈。

ジェーンが頷く。

「かれらの一族は常に密猟の危険にさらされてきました。〈オーギー〉たちの親や兄弟のほとんどが密猟者の銃弾で殺されました。だから、かれらは銃が嫌いなのです。というか……銃を憎んでいます」

「なんてことだ……」と、進藤がつぶやいた。

中白峰の頂上を越えた場所から、雪上に残された足跡が目立つようになってきた。ひとつは白猩猩と呼ばれる類人猿のもの。大人の裸足を少し大きくしたぐらいのサイズで、点々と積雪の上に刻まれている。それに並行するように、マーブル模様のようなスパイク靴の痕が蛇行したり、あるいはまっすぐ続いている。

猟師の川辺の靴痕である。

彼の足跡のほうが真新しい。少なくとも三十分ぐらい前につけられたようだ。

犬たちも激しく反応しながら、そのあとをたどっている。

夏実たち救助隊も、山小屋管理人であり猟師でもある滝沢も健脚だが、ジェーン・チャオ博士も負けず劣らずの速さで歩いた。さすがにチベットの山々で鍛えただけのことはあると、夏実は密かに感心する。

「これは牝の〈エイプ〉のものだと思います」

歩きながらジェーンがいった。

「わかるんですか」

彼女の隣を歩き、夏実が訊いた。

「足跡の大きさや歩幅でわかります。白猩猩の牝の行動範囲は牡よりもだいぶ狭いんです。塒にしている場所から、半径五キロから十キロぐらいです。牡はそれよりもずっと広く行動します」

「餌を探して歩き回るからですね」

夏実の言葉にジェーンが頷く。

「〈エイプ〉って、てっきり〝類人猿（Ape）〟という単語からつけたのかと思ったら、〈エイプリル〉――つまり保護された四月のことなんですね？　さっき、杉坂副隊長から聞きました」

「そう。牡の名前は〈オーガスト〉。私たちは〈オーギー〉と呼んでいます」

夏実が少し笑った。「実は、私の救助犬の名前も誕生月からつけたんです。メイっていいます」

「メイは頭が良くて、可愛いドギーね」

ジェーンも微笑みを返した。「ボーダー・コリーだけど……女の子？」

「そうです」

ふと夏実は真顔に戻った。

「〈エイプ〉と〈オーギー〉。どっちもいっしょに、無事に故郷に戻してあげたいです」

歩きながらジェーンが頷いた。

「あの子たちを乗せた飛行機が消息を絶ったって聞いたとき、私、もうダメだと諦めていました。けれども、日本の南アルプスで〝スノーマン〟が目撃されたというニュースをネットで見て、もしかしたらって思いました」

「博士が日本政府に呼びかけたら、防衛省がそれに応じた。たまたま領空侵犯機の墜落に関しての調査を始めたところだったんだ」

そういったのは杉坂だった。「もっとも彼らは、こいつが軍事的な事案でないことが判明したとたんに、あっさり興味を失ってしまったらしいけどな」

ふいに全員が足を止めた。

ひとりと一頭の足跡が、目の前で進む方角を変えている。尾根の西側斜面に向かって点々と続いているのである。

彼らは黙ってそれをたどった。

最初はゆるやかな坂だったのが、だんだんと急になり、途中から岩場を下る急傾斜となった。雪をかぶり、あるいは凍り付いた岩に取り付いて、彼らは足跡をたどりつつ、慎重に下りていく。

難所をクリアして、ようやく少し平坦なところに出た。

背後を振り返ると、尾根筋からだいぶ下ってきた場所だった。

「夏実。あれ！」

背後から静奈の声がした。

見れば、バロンが足を止めて唸《うな》っている。その傍で、メイとリキが緊張した様子でわずかに背中の毛を立てている。

夏実は向き直った。

前方、やや右手——少し離れた岩稜帯の手前に小さな人影が見えた。

それは一見、登山者のように思えた。四十リットルぐらいのザックを背負い、紺色のジャケットに深緑色のズボン。しかし長靴らしきものを履いて、帽子はオレンジと黄色のキャップである。

「川辺さん！」

叫んだのは滝沢だった。

それはまさに猟師の川辺三郎。両手で斜めに銃を抱えたまま、夏実たちが追いついてきたのを察知していたらしく、半身になってこちらを振り向いている。

彼らは犬たちとともに走った。

川辺はじっと動かぬまま、到来を待っていた。

ひとりの猟師を前に、夏実たちは向かい合って立ち止まった。滝沢がゆっくりと前に進み出た。

「川辺さん。どうしてあなたは……」

真っ黒に雪焼けして、疲れ切った顔で川辺が眉をひそめた。

「おめえにはわかんねえだよ」

ポツリとそういった。

「俺といっしょに山を下りましょう」

滝沢がいうと、川辺は悲しげな顔でかすかに首を振る。

「ダメだ。下りねえ」

フッと息を洩らし、川辺は猟銃を抱えたまま横を向いた。「あいつを仕留めるまで下りねえよ」

「何の恨みがあるんです？」

「恨み……そんなものはねえだ。ただ、あいつを撃たねば気が収まらねえだけだ。それにいっしょに来た小尾も、あいつに殺されちまった」

それを聞いて、夏実が思わず足を踏み出し、また立ち止まった。

「川辺さん。小尾さんは生きてらっしゃいます」

「なに？」

彼は夏実を見て目を大きくした。「本当か」

「私たちが発見したんです。重傷でしたけど、現場での受け答えもしっかりされてて、ヘリで病院に搬送されました。あの人は大丈夫ですよ！」

それを聞いて、川辺の硬く引き締まった表情が少しばかりゆるんだように見えた。

「そっか。あいつは助かっただか」

視線がゆっくりと足元に落ちたのを見て、夏実がいった。

「だから、もういいでしょう？　川辺さん」

しかし彼の険しい顔はそのままだった。

眉根を寄せ、眉間に深く皺《しわ》を刻み込んで、川辺はいった。
「よかねえだ。あとは俺の問題だ」
川辺はまた歩き出した。猟銃を横抱きにして、足早に歩を進めている。
夏実たちはそれを追った。
彼の視線が一定の場所を向いているのに、夏実は気づいた。
川辺のものではない、別の足跡があった。
あの〝雪男〟——白猩猩が残した大きな足形が、斜面を下りながらずっと続いている。
それをたどって歩いていた川辺が、ふと足を止めた。
夏実たちも少し遅れて立ち止まった。
川辺がまっすぐ前を見ているようだ。
雪原の彼方——雪をかぶった岩稜が盛り上がったような場所がある。
真っ白な雪の世界、そこだけ違和感がある。
よく見れば、それは自然のものではなく、明らかに人工物であった。
モスグリーンに彩られた機体が、半ば雪に埋もれるように岩場に横たわっていた。

「墜落機だ……」

杉坂がつぶやく声がした。

それは四発エンジンの大型プロペラ機だった。かなり雪をかぶっていたが、胴体が中央辺りから逆への字に折れ曲がっていた。主翼も片側が完全に折れて、少し離れた場所に落ちている。

あれが白猩猩たちを運んでいた輸送機。

夏実は凝視した。

ふいにリキが吼《ほ》えた。

それに呼応するように、バロンとメイが吼え始めた。

墜落機の開きっぱなしの出入り口から、人のような形をした白い影がゆっくりと姿を現した。それは機体の外に出ると、数メートルばかり歩いたところで足を止めた。

純白の毛をまとった大柄な類人猿だった。

11

「安西。これ見てみろ！」

興奮した声がロッテリアの店内に響いた。

周囲のテーブルの客たちが迷惑そうな顔で振り返る。大葉はそれに気づいて少し肩をすぼめた。安西がテーブルに置いてあるタブレットを覗いた。

ＹｏｕＴｕｂｅの動画の画面だった。

純白の雪山が液晶画面に映し出されている。

――えー、すんまへん。〈ガラダマｃｈ〉の視聴者の皆さん。今回は特別にライブ配信ということで、リアルタイムに自分を見ていただこうと思うております。というわけで今、自分がどこにおるのかわかります？

それはまぎれもなく芝山宏太の声だった。

思わず安西はタブレットに見入った。また、芝山の声が聞こえた。

――えろ凄いところにおるでしょ。ほら、雪山ですねん。一面、銀嶺《ぎんれい》の世界！

……ここね。南アルプスの北岳ゆうねんな。みんな、知ってる？

安西は飲みかけていたアイスコーヒーを吹き出しそうになって、あわててもう一方の掌《てのひら》で口を覆った。

「まじかよ！」

アイスコーヒーを無理に飲み込んで、そういった。

画面ではなおも芝山がしゃべっている。

――北岳って、標高が三千……えっと……そや。三一九三メートル。富士山に続いて日本で二番目に高い山や。ま、そのてっぺんやないけどな。きわめててっぺんに近い場所に自分、おるで。この感動をお伝えしたくて、いきなりライブ配信始めてみました～！

やがて自撮りモードになり、芝山の顔が映った。

やけに真っ黒なのに安西は気づいた。おそらく雪焼けだろう。

画面の右側にはチャット欄があって、何人かがコメントを書き込んでいる。それがどんどん上にスクロールしていく。

《松田キートン　びっくりしたー。芝ヤン、本当に北岳にいるのか？》
《キムラ・K　嘘にきまってるよ。こんなフェイク映像、いくらでも作れるはず》
《暇人紳士　芝ヤーン。お山は寒いですかぁ――――！（笑）》

「あいつ、親戚の不幸で実家に帰ってるなんていいやがって……」

大葉がつぶやく。「だけど、なんでひとりでそんな場所にいるんだよ」

なおも続く動画配信をあっけにとられて見ていた安西が、ふと気づいた。

「〝雪男〟だ」

「え」

大葉が安西を見つめた。「それって、どういう……？」

「だからさ。あいつ、ＹｏｕＴｕｂｅで〝雪男〟の動画を配信するつもりなんだよ。だから、俺たちを出し抜いて、ひとりで北岳に登ったに違いない」

「ろくに山の経験もない癖して、そんなアホなことするか、ふつう」

大葉の言葉に安西が眉をひそめ、こういった。

「だってあいつ……アホじゃん？　それも極め付きのさ」

「そういや、そうだな」

あきれ顔になって大葉もまた画面に目を戻した。

――なんでまたこんなところに来たかというとな、ほら、昨今、世間で話題になっとる〝雪男〟や。

画面の中の芝山がそういったので、ふたりは思わず目を合わせてしまった。

「やっぱりだ」と、安西が吐息混じりにいった。

右側のチャット欄に、どんどんコメントが入っている。

《サイトウ　ガラダマchで珍獣ハンターやるんだ！》
《ガスバス爆発　冬の北岳に無謀突撃!?》
《ブルース小林　何いってんだよ。北岳は今は入山禁止のはずだろう？》
《サイトウ　それをわかってて突撃取材を敢行したんじゃないのか》
《暇人紳士　やれやれ。ネタに困ってとうとうこんなことまで――》

スクロールしながら増えていくコメントを見ながら、大葉はあきれた顔でこういった。

「いかにも、あいつならやりかねんな」

安西も異論がなかった。

——実際に遭遇できたかどうかは、あとのお楽しみゆうことで、ちょっとこれから、ここらを歩いてみようと思うとります。

そういうと、芝山はウェブカメラを持ったまま歩き出したらしい。

画面の中の視界が左右に揺れながら移動を開始した。

——実はさっき、大樺沢ゆうところで凄い雪崩に遭遇しました。こっちは危機一髪だったんやけど、ホンマ、冬山って怖いなあって心底思いましたわ。

視点移動しながら芝山の声だけが聞こえてくる。

ふたりは何度も北岳に行っているから、カメラが捉えた光景で、芝山がいる場所がだいたいどの辺りかがわかる。

行く手の右側にバットレスが見えていたし、左側の谷越しには間ノ岳方面に続く尾根が連なり、なだらかに下った鞍部《あんぶ》に北岳山荘の赤い屋根が小さく映っていた。冬山登山のルートである吊尾根。分岐点のひとつである八本歯のコル辺りだろう。

――ここ、凄い階段ゆうか梯子があるねんな。さっそく登ってみたいと思います。

芝山の声とともに画面が揺れた。

本人が撮影しながら、岩に立てかけられた梯子を登り始めたようだ。

ハアハアと喘《あえ》ぎ声が聞こえる。

芝山は長い梯子を登り続けているようだ。

「しかし……大樺沢で雪崩に遭遇したってことは、あいつ、まさか広河原から登ったのか？」

大葉の声に安西が頷《うなず》く。

「まさしくやりかねん」

実をいえば、ふたりも冬季のバットレス登攀《とうはん》で広河原から入り、大樺沢をたどって登ったことがある。

そのときも、すさまじい規模の雪崩が発生して、九死に一生を得たのである。彼らが生還できたのは幸運にめぐまれ、救助隊が傍にいてくれたおかげだが、一方でこの芝山はほとんど山の経験のない素人である。

「いくら何でも無謀すぎる」

あきれた声で大葉がつぶやいた。

——もうひとつ、いわなあかんことがあります。実はその雪崩のあとでな、〝雪男〟を見たんですよ。この目でしかと！

興奮した口調で芝山がそういっている。

12

白猩猩はじっと動かなかった。

長い前肢を雪の上に落とし、犬でいう〝お座り〟の姿勢になっている。その赤ら顔は老人のように皺だらけだったが、サルというよりも、やはり人の顔に近いような気がした。

歯をむき出したりと、そんな物々しい様子ではなく、むしろ穏やかな顔立ちで、そこに居座っているのだった。

「〈オーギー〉……」

ジェーンの声がした。夏実たちが振り向く。

彼女は棒立ちになったまま、川辺らの向こうにいる類人猿を凝視している。

〈オーガスト〉――つまり牡の白猩猩だと、ジェーンにはわかったのだ。

川辺が半身立ちになって猟銃をかまえた。

銃口を白猩猩に向けた。

「NO！」

ジェーンが絶叫した。

次の瞬間、白猩猩の様子に異変が起こった。

それまで穏やかだった顔の表情が、にわかに険しくなった。目を大きく開き、鼻の頭に無数の皺を刻んでむき出した。

夏実は思い出した。

白猩猩は銃を憎んでいる。攻撃対象なのである。

「川辺さん！　撃たないで！　銃を収めてください！」

しかし彼にはその声は届かないようだ。

だしぬけに白猩猩が地を蹴って走った。

大きな体躯《たいく》から想像もできないほど、敏捷《びんしょう》な動きだった。

雪煙を蹴立てながら、それはすさまじい速度でこちらに向かって疾駆してくる。その姿には殺気のようなものが感じられた。見ている夏実すらも、恐怖を感じて硬直した。

「NO！」

ジェーンがまた叫んだ。

彼女が走り出すよりも先に飛び出した者がいる。

滝沢だった。

「川辺さん！　ダメだ！」

叫びざま、滝沢は背後から川辺に飛びかかった。

川辺がかまえていた散弾銃が斜め上を向き、轟然《ごうぜん》と火を噴いた。

射撃を邪魔された川辺が怒りの形相で振り返り、左手で滝沢のジャケットの胸ぐらをつかんだかと思うと、銃を持ったままの右手で肘打《ひじう》ちを繰り出した。それは滝沢の顔にまともに命中し、彼は鼻血を流しながら仰向けに雪の上に倒れた。

「てめえ。邪魔するでねえ！」

怒声を放ち、川辺は滝沢の背中をブーツの先で蹴りつけた。

すぐに銃をかまえ直したが、倒れている滝沢が川辺のズボンをつかんだ。そのためよろけて、また暴発させそうになった。

中腰に立ち上がった滝沢が、川辺の猟銃をもぎ取ろうとする。

ふたりがもつれ合ったところに、雪を蹴散らしつつ白猩猩が迫ってきた。川辺と滝沢がハッとそっちを見た。

夏実は迷った。

相手に攻撃をするコマンドを知っているのは、三頭のうち、メイだけだ。

救助犬の訓練を受ける前に、警察犬としての訓練も受けていたからだ。しかしできればメイを白猩猩にけしかけることだけはしたくなかった。

その一瞬の迷いが徒《あだ》となった。

白猩猩が大地を蹴り、川辺たちに襲いかかった。

ふたりはもつれあったまま、大きな類人猿に押し倒され、ともに雪の上に転がった。

最初に突き飛ばされた滝沢が、雪消《ゆきげ》の部分から突き出した岩に背中をぶつけ、うめいて動かなくなった。

とっさに立ち上がろうとした川辺に、白猩猩が飛びかかった。

彼にまたがって馬乗りになった白猩猩が、歯をむき出し、川辺の顔に嚙《か》みつこうとした。

夏実は思わず悲鳴を殺し、掌で口を覆った。

だしぬけに犬の咆吼《ほうこう》が聞こえた。

驚いた夏実は自分の横を見た。

一瞬、吼えたのはメイかと思った。が、そうではなかった。メイのすぐ傍にいるリキが、全身の毛を逆立ててけたたましく吼えているのである。

「リキ――！」

進藤が叫んだ。

川上犬リキはさらに前に飛び出すと、川辺にのしかかっている白猩猩のすぐ傍まで行った。そこで小柄な体を精いっぱい揺すりながら吼え続けた。

メイが前に出ようとしていた。ハッと気づいた夏実は、とっさに屈んでメイを抱いた。

静奈も同様に、バロンの胴に手を回し、押さえている。

白猩猩が振り向いた。

険悪な顔で歯をむき出し、リキを威嚇した。

しかしリキは負けずに吼え続けた。小さな体を精いっぱい前後に振って、牙をむき出し、鼻に皺を刻みながら咆吼した。

犬の力強い咆吼は鋲《びょう》打ち機並みの音だといわれる。その威勢に圧《お》されるように白猩猩がわずかにひるんだ。リキはなおも前進した。牙が並ぶ口を大きく開け、威嚇の声を野太く放っている。

しかし一方的な攻防ではなかった。

だしぬけに白猩猩が巨体をモノともせず、リキに飛びついたのである。

長い前肢で川上犬を捕まえようとしたが、間髪容れずにリキが飛びすさった。が、後肢が雪で滑り、体のバランスを崩した。あわてて体勢を直そうとしたリキに、白猩猩が向かっていく。

背中の赤茶の被毛を白猩猩が前肢でつかんだ。

リキが激しく吼えて、それに咬《か》みついた。白猩猩があわててリキを突き飛ばす。

すっ飛んだリキが雪の上に横倒しになった。

白猩猩が倒れたリキに向かって、ふたたび挑みかかろうとしていた。

「リキ、逃げろ！」

進藤が声を放つ。悲痛な声である。

滝沢が、上体を起こしていた。傍らに落ちていた自分の猟銃をつかんでいる。それを素早くかまえた。

リキを救おうとしているのだと、夏実は悟った。

「Don't shoot——!」

ジェーンの声。

叫びながら、同時に彼女は滝沢に向かって走った。

「お願いです。〈オーガスト〉を撃たないで！」

滝沢の目がハッとジェーンに向けられた。

自分と白猩猩との射線を遮るように立つジェーン。

彼女を前に、滝沢の表情から緊張がほどけていた。霊長類学者の決死の行動に気圧《けお》されたように、彼はゆっくりと屈み、猟銃を雪の上に横たえた。

「リキ。戻れ！」

進藤が叫んだ。

ハンドラーのコマンドに、リキが素早く疾駆して彼のところに戻った。

「ありがとう……」

安堵したジェーンの言葉とともに、滝沢はかすかに頷く。

しかし危難が去ったわけではなかった。

突然、川辺が立ち上がった。

歯をむき出し、獣のように唸《うな》り声を放った。

雪面に落ちているベレッタの猟銃を拾うと、腰だめにかまえながら、白猩猩に銃口を向けた。

「NO!」

ジェーンの悲痛な声。

滝沢がとっさに走った。

彼は雪の大地を蹴って跳んだ。川辺に飛びつこうとしたのだ。

同時に銃声が雪原に轟《とどろ》いた。

血煙が舞った。

夏実が悲鳴を放った。

滝沢が叩きつけられるように雪の上に倒れた。

自分の誤射で猟仲間が倒れたのを見て、さすがに川辺はたじろいだ。硝煙をまとった猟銃をかまえたまま、目を大きく見開いている。

それもつかの間だった。

啞然《あぜん》とした表情が、見る見る怒りに変わっていく。

「エテ公がなめくさりやがって!」

怒声とともに、また銃口を白猩猩に向けた。

しかし引鉄《ひきがね》が引けなかった。

川辺があっけにとられた。

二発の装弾を撃ち尽くしていたのだと気づき、あわてて腰の弾帯から鹿撃ちの散弾実包を一発抜いた。開いたままの排莢口から直《じか》に薬室に入れ、ボルトを操作して閉鎖した。銃をかまえ直した。

三発目も発砲できなかった。

さっきまで夏実の横に立っていたはずの静奈が、いつの間にか川辺の傍にいた。

夏実の目には、ポニーテールの黒髪が躍ったのが見えただけだ。

静奈は振り向いた川辺の猟銃の銃身をつかんだ。それを明後日《あさって》の方角にはね上げざま、相手の脇腹に強烈な空手の猿臂《えんび》（肘打ち）を叩き込んだ。

川辺が目を大きくむいて、体をくの字に曲げ、そのまま俯《うつぶ》せに雪の上に倒れ込んだ。

猟銃はいつの間にか静奈の手に移っていた。

静奈は眉間に皺を刻んだ怒りの表情のまま、しばし倒れた川辺を見ていた。

それから彼女は猟銃の開閉レバーを素早く引いて、薬室に装塡されていた実包を外に弾いた。のみならず、逆手に持ち替えた猟銃を野球のバットのように振り上げざま、近くの岩に容赦なく叩きつけた。台尻とフレームの部分からまっぷたつにへし折れた猟銃を無造作に放り投げた。

夏実が走った。

深町と杉坂も続いた。

メイとバロンが興奮にけたたましい声を放ちながら、彼らとともに雪を蹴って走った。

ジェーンが両膝を突き、雪中に倒れている滝沢を助け起こしていた。

夏実と深町が駆けつけた。

「謙一くん……」

その声に夏実たちが振り向く。

進藤が茫然《ぼうぜん》と立っていた。

彼はジェーンの横に膝を落とし、彼女に上半身を抱きしめられた滝沢を見た。

登山服の脇腹の辺りに赤黒く血がにじんでいる。意識はしっかりあるようで、目を開いて進藤たちを見上げた。その視線が、少し離れた場所に向いた。

「あいつは……?」

滝沢の声。夏実たちは肩越しに振り返った。

少し離れた場所に、白猩猩の大きな姿がうずくまっていた。

それまでの険悪な表情が消え失せて、どこか悲しげな目——妙に人間じみた知性を思わせるようなまなざしで、彼らをじっと見ているのだった。

夏実がジェーンの隣に膝を突き、滝沢の登山シャツをまくり上げてみた。血濡《ちぬ》れた肌に銃創がふたつ。傷からして大粒の鹿撃ち弾らしい。九発の散弾のうち二発が、脇腹から背中に貫通しているようだ。

「深町さん。止血措置を——」

夏実にいわれ、深町がザックを下ろし、中から救急用具を引っ張り出した。ジェーンの膝から上体を下ろし、雪の上にそっと滝沢を横たえた。

杉坂が立ち上がり、ザックのホルダーからトランシーバーを引き抜く。

「こちら現場、杉坂です。〈はやて〉、取れますか？」

何度か繰り返して呼び出すと、やがて雑音に混じって県警ヘリ〈はやて〉の的場副操縦士の声が聞こえた。

——こちら〈はやて〉。芦安のヘリポートで待機中です。

「重傷者一名……」

そういって、少し離れた場所で気絶している川辺を見た。「いや、二名です。すぐにこちらへ来られますか？」

——〈はやて〉諒解。これより急行します。場所を指示してください。

「中白峰からやや南、西側斜面の途中にある平坦な場所です。ランディングも可能なはずです」

——諒解しました。

無線交信を終えて、杉坂がトランシーバーを仕舞ったときだった。

雪を踏みしめるかすかな音に、夏実が気づいた。

彼女が振り返り、全員がそちらを見た。

白猩猩がゆっくりと歩いてくる。

気絶して倒れたままの川辺の傍を通り抜け、夏実たちのすぐ前で足を止めた。

静奈が中腰になっている。それを見て、夏実がそっと片手で制止した。

「大丈夫」

毅然《きぜん》といった。静奈がそれを理解して、緊張をほどいた。

あっけにとられている深町と杉坂。

彼らの目の前で白猩猩がジェーンに近づいた。

ジェーンは怖《お》じることなく、その到来を待った。まるで母親が大きく成長した我が子を抱くように、ジェーンは純白の霊長類をそっと抱きしめた。

〈オーガスト〉も、ジェーンの背中に両前肢を回した。

そのままふたりは、じっと抱き合っていた。

ふいに白猩猩が傍らに横たわっている滝沢を見た。

その顔には、すでに敵意のようなものはなかった。悲しげな表情でジェーンから離れると、ゆっくりと滝沢のところに歩いていった。その場にしゃがみ込むや、血濡れた彼の脇腹に皺だらけの前肢を伸ばした。

まるで触診でもしているかのように、血濡れた傷口をそっと撫《な》でている。

夏実にはよくわかった。

仲間が撃たれたことを思っているのだ。

そして自分を撃ったかもしれない人間に対して、明らかに情を移しているのである。

「Thank you……"August"」

その後ろからジェーンがささやいた。

ゴリラのような無骨な顔には、悲しみと慈しみの感情が満ちているようだった。

これほどまでに平和を愛し、情けの深い動物だったとは――。

夏実はこみ上げてくるものを抑えきれず、口を引き結んだ。たちまち涙があふれてきた。

白猩猩〈オーガスト〉が、ふいに顔を上げた。

振り向くその視線の先に、雪に埋もれた墜落機がある。

変形した機体の手前に、別の白猩猩がいた。

夏実は驚いた。他の人間たちも。

それはもう一頭――牝の白猩猩〈エイプリル〉だった。

それまでずっと機体の中に隠れていたのだろう。ツガイで墜落機を塒《ねぐら》にして、ずっと寒さをしのいでいたに違いない。

牡の〈オーガスト〉に比べると、〈エイプリル〉はやや体軀が小さいが、同じような純白の被毛に覆われていた。いかにも牝らしい、どこか穏やかな表情だった。そして、その手の中に小さな何か動物のようなものが抱かれているのが見えた。

それは小さな、彼女の子供だった。

生まれて間もない幼獣だとわかった。

母親の毛むくじゃらの腕の中で、大きく目を見開き、夏実たちをじっと見つめているのだった。

13

《暇人紳士　キター！　雪男、目撃報告》
《ブルース小林　ゆーだけなら簡単～♪》
《赤い水性ペン　冒険家ＹｏｕＴｕｂｅｒのガラダマ芝さん！　応援してるわよ》
　さかんに流れていくチャットのコメントから安西は目を離し、またタブレットの画面に注目した。
　純銀の雪に覆われる吊尾根ルート。長い二段の梯子をようやく登り終えて、芝山はグルリと三百六十度カメラを回転させた。吊尾根の岩場に立つ芝山を中心に、北岳周辺の雪を抱く峰々が横移動で映し出されている。
　――その〝雪男〟な。ちょうど、自分が立ってるこの辺りにおったわけですが、あまりに突然のことやったから、肝心の動画を撮り忘れるという一生の不覚。
　また、自撮りモードにして自分の顔を映した芝山は、にんまりと笑っていった。

——見てください。

カメラが足元を映す。

たしかに雪の上に刻まれた足跡らしき窪《くぼ》みが見えた。かなり大きなもので、しかも裸足の痕《あと》だとわかる。

——これ。ご覧のとおり、はっきりと足跡が残ってますよね。

芝山の得意げな声。

安西たちはさすがに驚いた。

《サイトウ　マジー？　本当に雪男の足跡をキャッチしたのか》
《ブルース小林　ヤラセに決まってんだろー（笑）》
《ガスバス爆発　やっぱり北岳に来ただけーーー！》

「こいつは本物らしいぞ」

そういって安西は画面を指さした。

北岳頂稜に向かって登る吊尾根に沿って、その足跡がどこまでも続いている。

見ているうちに、安西自身も興奮してきた。まるで現地の芝山の熱気が伝わったかのようにである。

——えー、では、この足跡を追いかけてみたいと思います。

芝山の声がして、また画面が揺れた。

画像が自撮りモードから反転していた。今は彼の前方を映している。

少し狭くなった吊尾根の稜線上。〝雪男〟のものらしい、足跡が白い雪の上に青白く点々と続いている。画面がそれを追いかけるように、揺れながらたどってゆく。

前方の右側。安西は注目した。そこに雪庇《せっぴ》らしきものが見えた。

風に吹かれて寄せられた雪が、崖に張り出して庇《ひさし》となっているのだ。

「あいつ……あの雪庇に気づいてるかな」

安西がつぶやき、不安に駆られた。

「素人だからな。やばいぞ」

大葉がいった。明らかにカメラの映像は、問題の雪庇のほうに向かっていた。

「芝山。よせ！　そっちはダメだ！」

思わず安西が叫んだときだった。

突如、カメラがひどくぶれた。

――うあ！

芝山の声。

一瞬、足場の雪がひび割れ、崩れるのが映った。

だしぬけに画像が流れ、青空が映し出されたかと思うと、雪煙が視界を真っ白にした。

「おい……！」

そういって、安西が思わずタブレットに向かって身を乗り出した。

次に映った画像は、素早く斜めに流れていく雪面だった。

――うあああああッ！

芝山のうわずった悲鳴が聞こえた。

画面を横切る岩や雪。青空が映り、また流れる白い斜面になる。体が激しく回転しているのである。

ふいにバキバキと音がして細い枯れ木が折れ、雪片が四散した。

画面が暗転した。

動画の枠は真っ暗なままだ。右側のチャットだけがさかんにスクロールしている。
《赤い水性ペン　今のってマジですか？》
《松田キートン　滑落？》
《サイトウ　滑落したよね？》
《ブルース小林　おーい。芝ヤン、生きとんのか？（汗）》
《ガスバス爆発　北岳で滑落しただけーーーー！》
《サイトウ　つか。誰か、通報したほうがよくないか？》
安西はあわててテーブルの上にバッグを置いて、その中からスマートフォンを取り出した。震える指先で電話の発信モードにする。
「つ、通報するのか」と、大葉が焦っていった。
安西が頷いた。
「た、たしか、山岳救助隊の星野さんのケータイ番号をもらってた」
震え声でそういうと、画面上に電話リストを表示させ、素早く指先で動かし始めた。

県警ヘリ〈はやて〉が、重傷を負った滝沢謙一と川辺三郎をピックアップし、甲府の病院へと搬送するために飛び立っていった。

今回の一連の事件では、〈はやて〉の機動力には頼りっぱなしで、何度となく北岳と麓《ふもと》を往復してもらったことになる。仕事とはいえ、県警航空隊の三名には頭が下がる思いだ。

夏実たちは墜落機の周辺で現場検証をし、情報収集などにつとめた。

杉坂副隊長が墜落機の写真を撮影し、それを防衛省情報本部の佐久間に転送した。じきに返事が返ってきた。

墜落機はアントノフAｎ－22A〈アンテーイ〉と呼ばれる機体で、もともとロシア空軍の所属だったものが旧式となったため、民間に払い下げされた一機のようだ。機体ナンバーから所有者が割り出され、ウラジオストクにある貿易会社と判明したが、どうやら名ばかりの幽霊会社だったらしい。

ロシアン・マフィアが絡んでいるという話に信憑性《しんぴょうせい》が出てきた。

搭乗員のゆいいつの生き残りであるミハイル・ジューコフからも証言が取れたとい

う。

墜落の原因は飛行中のエンジン火災だった。

現場に胴体着陸をした結果、機体は大破し、ただひとりジューコフだけが生き残ったらしい。彼はショックで記憶喪失となり、何日か墜落機の中で動けずにいた。さいわい外気からは隔離されて寒さをしのげたし、機内にあった非常用食料などを食べてしのいでいたようだが、やがてそれも尽きて、仕方なく機外に出た。

雪山をさまよっているうち、たまたま遭遇した登山者の宮内隆久を襲撃して殺害、衣服を奪った。機内服から登山着になったはいいが、見知らぬ山で方向感覚もなく、ただ歩いているうちに北岳山荘にたどり着いた。

そこで冬季避難小屋に入って、半死半生の体でずっとそこにいたところを進藤たちに発見されたというわけだった。

墜落機の中にはパイロット他、四名の遺体がいずれも凍り付いたまま、夏実たちによって発見された。

白猩猩のツガイである〈オーガスト〉と〈エイプリル〉は、機体後部で隔離された貨物室に収容されていて、墜落の激しい衝撃にもかかわらず、二頭とも生存していた。

のみならず、〈エイプリル〉は墜落後、この機内で子供を出産している。

生まれたのは三頭だったが、そのうち二頭は死亡していた。

おそらく栄養失調が原因だったのだろう。

〈オーガスト〉たちは、生き残った一頭の子のために、山小屋を荒らしたり、テント泊の登山者から食料を奪ったりして、何とかここで生きながらえていたということのようだ。

白猩猩のツガイはジェーンの姿を見て、安心しきっていた。

ただし、メイたち救助犬三頭は、相変わらず未知の類人猿たちに対してかなり警戒していたし、とりわけリキは、他の二頭とともに少し離れた場所につながれていたにもかかわらず、ときおり威嚇の唸り声を上げた。

進藤はそのたびにリキのところに行って、声をかけてなだめなければならなかった。

墜落機に関する情報は迅速に政府に伝わり、防衛省と運輸省から調査が入ることになった。前者は防衛上の観点から、後者は事故原因の究明などである。そのため、現場の状況は極力、温存しなければならなかった。

「あの二頭と仔はロシア政府が引き取りを要求してきている」

杉坂がトランシーバーを握ったまま、そういった。「しかも、中国からも返還要求が来ているらしい」

表情が険しいのは、白猩猩たちの運命を思ってのことだ。

「まるで離婚した夫婦の子供の取り合いね。かれらのことを、ちっとも考えてない」

腕組みしてそういうのは静奈である。

「だけど、中国だったら、チベットの元の保護区に戻せるんじゃないですか」

夏実がいうと、近くにいたジェーン・チャオ博士が肩をすくめてみせた。

「保護区の施設では、管理担当者たちによる虐待が横行していたのです。二年前に私たちが着任して何とかそれを阻止することができました。でも、今回の事件以来、中国政府は外国人研究者を拒否する姿勢になっています」

「そんな……どうしてなんですか」と、夏実。

「施設の劣悪な環境や、稀少種の生物への虐待などの実態を、対外的に知られたくないのでしょう」

ジェーンはそういって俯いた。

「日本政府がちゃんと主張すればいいんです。だってかれらがいるのは、あくまでもこの国の南アルプスの山なんですから――」

夏実がいうと、静奈が悲しげな顔になった。

「外国から来た稀少動物を守るために、諸外国を相手に回して毅然とした立場を取るような人たちが、今の政治家にひとりでもいる？　期待するだけ野暮な話よ。ロシアと中国、どちらが札を握ることになったとしても、それに迎合するだけでしょ？」

「おそらく、このことはもみ消しにされるでしょう」

ジェーンの言葉に夏実はショックを受けた。

「そんな――！」

すると、厳しい顔で深町がいった。

「俺も博士に同感だ。〝雪男〟がいたという噂ぐらいは残るかもしれないが、チベットから来た稀少種である類人猿に関する情報は、おそらくすべて抹消される」

「どうしてですか？」

深町は眼鏡越しに夏実を見て、悲しげにこういう。

「本来、保護に努めるべき稀少種をぞんざいに扱い、密猟や密売を野放しにしていた中国と、一方で軍事利用のためにモルモットのように研究対象にしようとしていたロシア。双方の国にとって、この一件が発覚すれば世界中から問題視され、風評が悪化し、確実に国益を損ねることになる」

「それって、酷《ひど》すぎます。白猩猩たちを助ける方法はないんですか」

「チャオ博士が何もできないとしたら、俺たちだって同じさ。わかるだろう？　たかが山岳救助隊員だ」

夏実は唇を噛んだ。

言葉が出てこなかった。

そのとき、彼女の隊員服のポケットの中でスマートフォンが震え始めた。

取り出して液晶を見ると、〈安西廉〉とある。

どこでこの名前と電話番号を登録したかと考えて、やっと思い出した。何年か前、バットレス登攀をしていて事故に遭い、救助された大学生ふたり組のうちのひとりだった。

「ちょっと失礼します」

そういって夏実は、他の隊員たちから離れた。

タップして耳に当てた。

「救助隊、星野です。安西さん、お久しぶりです。あの……？」

――友達が北岳で滑落です！

だしぬけに飛び込んできたのは、ひどく興奮した声だ。

「滑落って、ホント？」

――あいつ、入山禁止なのにひとりで無理に入って、山なんてまるで素人なのに、しかも吊尾根じゃなく、大樺沢から登ったりして――。

「安西さん。落ち着いてください。最初からゆっくり、ていねいに話してくれる？」

そういってから、夏実はスマホの通話を録音モードにした。

――すみません。いきなりなものですから。

わざとらしい咳払《せきばら》いが聞こえて、安西がこういった。

――大学の友人で芝山宏太っていうんです。年齢は二十二歳。身長一七五センチ。痩《や》せ型。住所は東京都品川区戸越です。

テキパキと情報を伝えてくれる。

「それで……禁止とわかってて、どうして北岳に入ったの」

――人気YouTuberなんですが、〝雪男〟を動画で撮影するって単独で入山したみたいです。実はさっきまで、現地から動画のライブ配信をしてたんです。そしたら本人が雪庇を踏み抜いて、いきなり滑落して画面が消えてしまいました。

さすがに由々しきことだと理解した。

「ライブ配信って、まさか、リアルタイムにずっと動画で流れてたの？」

――そうなんです。〝雪男〟を発見したって、興奮した様子で自撮りやってて滑落しちゃったようです。ＹｏｕＴｕｂｅで〈ガラダマｃｈ〉って検索したら、すぐに見られます。

「あなたたち、北岳に詳しかったよね。だったら場所の見当はつく？」

――吊尾根です。八本歯のコルを過ぎて頂上に向かうところ。長い梯子が二段続いていて、そのちょっと先辺りです。西側の斜面に滑って落ちたと思います。ジャケットの色はけっこう派手な赤だったから、雪の中でも目立つはずです。

「すぐに現場に急行します。他にこっちから情報を聞くかもしれないから、そのまま待機していてくれる？」

――わかりました。

通話を切った夏実は振り返った。

すぐ近くにいた杉坂のところに走っていく。

芝山宏太はゆっくりと重い瞼《まぶた》を開いた。

息が苦しかった。

一瞬、自分がどこにいて、何をしていたか、あるいはどうしてこんなに苦しいのかが判然とせず、考えた。

そういえば先刻、テントごと雪に埋もれてつぶされかかったっけ。

また、同じことが――?

そう思ってはみたものの、なんだか違うような気がした。

いずれにしろ、自分の置かれた状況が楽観できることではないのはたしかだ。

手足を動かしてみた。強い圧雪で押し付けられてはいたが、少しずつ動く。顔の前に隙間があるので、呼吸も何とかできた。幾度も上半身をねじるようにして、体に密着している雪に隙間を作っていく。

もがいているうちに、自分が仰向けの姿勢で雪の中にいることがわかった。

ふいに左手の肘が雪の外に出た。

自由になったその手で、体の上に積もった雪をワイパーのようにどかしていく。ようやく顔があらわになって、呼吸が楽になる。目をしばたたくと、まばゆい青空が視界に飛び込んできた。

口の中に雪が詰まっていたのに気づいて、あわてて吐き出した。

力任せに上体を起こした。

テントごと雪に埋もれていたのではなかった。だったら、この事態は何だ。

そう思いながら考えているうちに、いきなり記憶がよみがえった。

ハッと思って上を見る。

かなりの急斜面の上に、尾根筋が白く連なっている。自分が落ちた場所には雪が庇状になっていて、その一部がえぐれたように欠けていた。

あそこを踏み抜いたのだとわかった。

しかもこの場所まで、自分が落ちてきたらしい滑落の痕が、急斜面にくっきりと残っていた。

自分がいる場所は少し平坦になっていて、ダケカンバの低木が何本かある。それらに引っかかって滑落が止まってくれたのだろう。そうでなければ、さらに何十メートルも滑落していたはずだ。

そう思ったとたん、へたり込みそうになった。

遭難事故に遭った——この俺が？

じわじわとその実感が湧いてきて、同時に恐怖がこみ上げてきた。

手足の骨折などがないか、自分で調べた。

右手にまだジンバル付きのウェブカメラを握っているのを見つけて、さすがに仰天した。また上を見て、はあっと白い呼気を洩《も》らす。

あそこから一気に落ちてきて、それでもカメラを手離さなかったのだ。

呆《ほう》けたように口を開き、独りごちた。

「なんや俺って、まさしくＹｏｕＴｕｂｅｒの鑑《かがみ》やな」

そうつぶやき、ふいにゲラゲラと笑った。

身をよじって笑ううちに、それがいつしか泣き声になっていることに気づいた。

誰も見ていないのをいいことに、芝山は大泣きに泣いた。

しばし身を震わせて嗚咽《おえつ》しては、また泣いていたが、ようやく泣き止んだ。しばらく子供のようにしゃくり上げてから、少し落ち着いてきたので、あらためて自分の周囲を見た。

急傾斜の途中、テラスのようになっている場所だった。

ここから上に這い上がるのはとうてい無理だ。かといって下りようとしたら、また滑って落ちてしまうだろう。そうなったら今度こそ助からない。

どうすればいい？

そうつぶやいて、ジャケットのポケットをまさぐった。

「救助要請や……」

スマートフォンを取り出してみた。ウェブカメラとはＷｉ－Ｆｉ接続になっているので完全にコードレスで連動していた。

スマホは電源が切れていた。何度かパワースイッチを押したが無反応だった。

見れば液晶画面に稲妻形にヒビが走っていた。滑落したときの衝撃で、あっけなく壊れてしまったらしい。

芝山はそれを茫然と見つめていた。

万事休す、とはこのことだ。もはや絶望しかなかった。また泣きたくなった。

ところが今度は涙も出ない。心が麻痺《まひ》してしまったかのように思考停止してしまい、頭の中が空白になっていた。

ここで死ぬのかもしれないと思った。いや、おそらくそうだ。なぜならば、どう考えたって、ここから生還できるすべはないのだから。

芝山は漠然と自分の死を思った。

さっきまでYouTubeを見てくれていた常連視聴者は、どう思っただろう。

《あいつ。莫迦《ばか》ばかりやって、とうとう死んじまったよ》

《パンパカパーン。ガラダマch芝ヤン、山でご臨終!》

《ようするにアホやねん(笑)》

そんなコメントの数々が、頭の中の画面を次々とスクロールしていった。

何しろライブ配信だったから、滑落の様子がリアルタイムに全世界に流されていたわけだ。せめて自撮りモードにして「あばよ」と辞世の挨拶のひとつでもいえば良かった。

それが——たったひとり、こんな寒い場所で死んでいくのか。

雪の上で胡座《あぐら》を掻《か》き、芝山は口を半開きにしたまま、ぼんやりと青空を見つめた。

ふいにその目が、空の一角にあるものを捉えた。

最初は本当に小さなゴマ粒ぐらいの大きさだった。それがだんだんと大きくなっていくに従って、パタパタというかすかな音が聞こえてきた。

ぼんやりとそれを見上げていた芝山の目が、ふいに大きく見開かれた。

ヘリコプターだ！

それは野太い爆音をともなって、芝山がいる斜面に向かってまっすぐ飛来してきた。


「納富さん。もう少し……心持ち左に寄せられますか？」

ヘッドセットを装着した夏実が叫んだ。

――諒解。ギリギリまで寄せてみるよ。

操縦席から納富機長の声が返ってきた。

メインローターの回転でダウンウォッシュが生じ、眼下の斜面から雪が白煙となって舞い上がった。ともすればそれが視界全体を覆い、白いスクリーンに覆われたようになる。

しかし機長の納富はホバリングの定位置に確信を持って、機体を微動だにさせない。

夏実はヘルメットの顎紐《あごひも》をしっかりと締め直し、口を引き結んでシートベルトを解除、席を立つ。

機体の窓から見える吊尾根の西斜面。

稜線からおよそ百メートル近く下った場所に、要救助者の姿があった。

電話で連絡してきた安西からの報告通り、本人はかなり派手な色の赤いジャケットを着ていて、それがいい目印となっていた。

キャビンドアの手前で緊張して立つ夏実。

飯室整備士がいつもの笑顔で頷いてくれる。

――OGE（ホバリング性能）よし。ラダーマージン（操縦装置）よし。

ヘッドセットから納富の声が飛び込んでくる。

飯室が機外を見て、山の斜面と機体の位置を測りつつ報告する。

――えー。左、五メートル。はい。左の障害物、クリア。テール、クリア。そのまま前方へ……三メートル。二メートル。一メートル。はい、この位置！

――ホイストマン。ドア、オープン！

機長の声。

飯室が一気にキャビンドアを開いた。

機外から、すさまじい突風が中に吹き込んでくる。

夏実は昇降口の脇に手を掛けた。飯室が彼女のハーネスにホイストケーブルのフックを装着する。

――隊員、降下します。

飯室の声とともに、夏実が機体を蹴った。

頑丈なホイストケーブルに吊るされ、クルクルと回りながら下降してゆく。

雪に覆われた地上に到達するや、夏実はすかさずフックを外す。上空に定位する〈はやて〉に向かって、手をクルクルと横に小さく回す。

ホイストを巻き上げろという合図である。

機内の飯室がモーターを回し、ホイストケーブルを回収する。キャビンドアが閉まると、〈はやて〉は乱気流を避けるため、いったん高空に待避する。機体を傾がせながら旋回して、高まる爆音とともに斜めに上昇してゆく。

滑りやすい雪の斜面に踏ん張って立ち、夏実は向き直った。

目の前に、要救助者がいた。

二十二歳。一七五センチ。痩せ型の青年——安西からいわれたとおりの人物だ。

夏実はニッコリと笑っていった。

「芝山宏太さんですね。南アルプス署山岳救助隊の星野です」

相手はなおも狼狽《うろた》えた顔で夏実を凝視していたが、彼女の笑顔につられるように、ふっと表情をほころばせた。

「お、俺……助かるんですか？」

関西訛《なま》り。思ったよりも元気そうな声だった。

夏実は強く頷いた。

「お怪我は？」

「それが……」彼は自分の体をあらためて見て、いった。「なんでか無傷なんです」

「良かったですね。ご無事で」

呆けたように見つめる彼の前。夏実は背負っていた小型ザックを下ろし、中からテルモスの水筒を取り出した。

「芝山さん」

「はい……？」

定番のホットカルピスをコッヘルに注ぎ、差し出しながら、夏実はいった。

「生きていてくれてありがとう」

とたんに芝山が顔を歪め、泣き始めた。


サバイバルスリングを装着された芝山が、夏実とともにホイストケーブルで上昇し、ふたりは〈はやて〉のキャビン内に引っ張り込まれた。

飯室整備士が素早くフックとスリングを外し、キャビンドアを閉鎖する。

芝山の証言通り、顔や手の擦り傷以外、本人はほぼ無傷だった。

彼のザックは夏実が肩掛けして運び上げている。

稜線から百メートル近く滑落したにもかかわらず、これほど体への損傷がないケースは珍しい。落ちた斜面に障害物がほとんどなかったことと、柔らかな雪とダケカンバの低木地帯に突っ込んで滑落が停止したおかげだろう。

それでもショックを受けたのか、本人は機内でシートに座ったまま茫然自失の体《てい》である。夏実は飯室や操縦席のふたりとやりとりをしてから、彼の隣に座ってシートべルトを体にかけた。

「芝山さん――」

声をかけたが、ヘリのエンジン音で聞こえないらしい。彼女を見て首を傾げた。

夏実は飯室に頼んで予備のインカムを借り、芝山の頭に装着してやる。

「安西くんから通報があったんです。大葉くんとふたりで、あなたがネットにアップしていたライブ配信を見ていて、私に電話をくれたんですよ」

芝山は驚いて夏実を見た。

――ホンマですか。あ、安西たちが……。

「帰ったら、ふたりにたっぷりお礼をいってくださいね」

――ええ。そやけど、どうして?

「ふたりともバットレス登攀で事故に遭って、私たちが救助したことがあるんです。もっともそのとき、他の事件に巻き込んでしまってたいへんだったんですけど」

――北岳の救助隊に美人の女性隊員がいるって、あいつらいってたけど、あなたのことだったんですね。

夏実は顔を赤らめた。

「違いますよ。きっと神崎隊員のことですよ、それって」

無理にそんなことをいってから、夏実は思い出した。「あー、もしかして、広河原に停めてある〝わ〟ナンバーのデミオって、あなたのですか？」

芝山は気まずい表情で頷いた。

「だったら昨日、白根御池小屋でうちの曾我野くんたちに会ってたんですよね」

――すんません。下山するように忠告されたんですが……。

夏実は小さく吐息を投げ、笑った。

「そんなにしてまで、〝雪男〟に会いたかったんですか？」

芝山は狼狽えたように目をしばたたいた。

――ネットで注目されたかったんです。ＹｏｕＴｕｂｅ、生き甲斐やったから。

インカムから、少し恥ずかしげな彼の声が聞こえた。

「あいにくと私はそういうのに無縁だし、理解できないけど」

――自分はひとりやけど、まるで有名人とかスターになったみたいに、大勢から注目してもらえるんです。

「大勢から注目……ですか」

——それこそ、世界中からです。

夏実の脳裡《のうり》にひらめいたものがあった。

あらためて芝山に向き直って、彼女はいった。

「あの。あなたのライブ配信って、まだできますか？」

——いや。滑落のときにスマホが壊れてもうたから。

「スマホがあればいいんですね？」

——ウェブカメラ、あるし、自分のチャンネルにアクセスできたら可能ですが？

それを聞いたとたん、夏実は躍り上がりたくなった。

口を引き結んで興奮を抑え、それからインカム越しにいった。

「芝山さん。ぜひ、お願いしたいことがあるんです」

——何ですか？

「これから、〝雪男〟に会ってほしいんです！」

夏実にいわれたとたん、芝山が目を見開き、口をぽかんと開けた。

終章

滝沢謙一は川を見ていた。

南アルプスの奥深くを源流とし、滔々《とうとう》と流れる清流、野呂川である。

そろそろ六月が終わろうとしていた。

清冽《せいれつ》な水が青空を写し取ってコバルトブルーに染まりながら流れている。そこに影を落として吊橋が揺れていた。

大勢の登山服姿の若者たちがはしゃぎながら、対岸から橋を渡っている。

山開きしてまだ数日だが、最初の日曜日とあって、広河原は登山者たちでかなりにぎわっていた。

彼が座っているのは野呂川の河川敷にある岩の上だった。

背後は広河原山荘の幕営指定地となっていて、川より一段高くなった場所に、いくつかのテントが設営されている。

川の流れを見ていると、心が落ち着いた。

この冬、猟銃を担いで北岳に入ったときのことを思い出していた。

狩猟免許を取って三年と半年が過ぎた。

最初は無我夢中で猟友たちのあとを追いかけた。山のルールを学び、猟の技術を会得し、腕を磨くことだけに専念していた。しかし同時にいろいろな疑問も心の中に生じた。

命を奪うことの意味。

シカやイノシシといった野生動物に銃口を向け、引鉄を引く。それは自然とそこに暮らす生態系の維持という意味において重要な仕事である。かつて食物連鎖の頂点であったニホンオオカミにかわって猟師が担うべき役割であり、今やなくてはならないものだった。

同時に食料を得るという意味においても、狩猟は避けることのできない儀式である。人々は家畜の肉を食べる。スーパーや食品店の棚にきれいにパック詰めされて並んだ肉が、いったいどこから来るのか。ほとんどの現代人は、日常の中でそれを知らぬまま、口にしている。

山小屋の管理人であり、それ以上に料理人でもある滝沢は、食材としての肉を深く知るために、その材料を得るという行為を学ぶべきだと思った。農家が田んぼで米を作り、畑を耕して野菜を作るように、あるいは漁師が海や川、湖で魚を捕獲するように、肉もまた同じこと。自分でその過程を体験し、食べることの基本を体で覚えようと思った。

おそらくそれは、山小屋の初代管理人だった亡父の影響だっただろう。

父は猟こそしなかったが、この山を知り尽くし、人と自然との協調をいつも考えていた人間だった。父は手つかずだったこの山に道を拓《ひら》き、多くの登山者が北岳に馴染《なじ》むよう、ガイドを務めてきた。しかしその中で、まったき自然の中に人を入れるということの矛盾も、常に考えていたようだ。

観光登山というものが、山にとって、あるいは人にとって、本当にいいものか。意味のあるものなのか。そのジレンマを常に抱き続けていた。

人が山に入ることも、かつては生き物だった肉を口にすることも、必要であり、不必要でもある。その狭間《はざま》で逡巡《しゅんじゅん》しながら、自分も父のように生きていくのだろう。

――謙一くん。

後ろに声がして、振り返った。

救助隊の隊員服が見えた。

進藤諒大と救助犬リキが並んで立っていた。御池にある警備派出所からのパトロールで下りてきたようだ。

「いい天気だね」

そういって進藤はリキを停座させ、滝沢に並んで座った。

下ろしたザックからペットボトルを取り、喉《のど》を鳴らして水を飲んだ。

「怪我《けが》のほうは？」

進藤にいわれ、滝沢が自分の脇腹に目を落とした。

「傷口はほぼ塞《ふさ》がってますが、まだたまに疼《うず》くことがあります」

そういって滝沢が笑った。「獲物を撃つことはあっても、さすがに撃たれることなんて滅多にないですから。貴重な体験でした」

「君がいうと冗談に聞こえないから不思議だ」

そういって進藤が相好《そうごう》を崩し、傍《かたわ》らのリキの頭を撫でた。

「最初は……本気であいつを撃つつもりでした」

滝沢は目を細めながらいった。「リキを助けたい一心でした」

「しかし君は撃たなかった。それどころか、川辺の銃弾からあいつを守ろうとして、身を挺《てい》してかばった。いったいどうしてなんだ」

しばし滝沢は考えた。

「わかりません……もしかすると、神聖さのようなものを感じたからかもしれません」

「神聖さ……あの、白猩猩に？」

頷《うなず》いた。

何度も考えたことだった。他に答えが出なかった。

「前に君は、自分が撃つシカの目を見て、そこに神聖さを見たといったよな。それと同じ意味だと捉えても？」

「すべては大きな自然の一部なんです。シカたちも、あの白猩猩も、われわれ人間もです。どんな外来種だとしても、それはたしかだと思うんですよ」

「しかし実害はあった。ライチョウも被害のひとつだった」

そういわれた滝沢は、しばし考えた。

「ライチョウを捕食したからといって、あれが悪者だとは思いたくなかった。前に北アルプスで、ライチョウの雛を食べたニホンザルが確認されて話題になったことがありますが、だからといって、あのニホンザルが悪いというわけじゃない。すべては複合的な理由があってのことですし、そもそも善悪の問題じゃないと思うんですよ」

「なるほどな」

「われわれはかれらを守るべきだと思いました。そういう意味で、ずっとそれを主張してきた星野さんは、最初から間違っていなかったと思います。すべては大きな自然の一部なんです。動物も人間も」

滝沢は目の前を流れる野呂川を見つめた。

「しかし、自分の周囲にいるほとんどの猟仲間はそんなことを考えもせず、たんに猟欲しかない。それが悲しいですね」

「あまり深く考えなくてもいいんじゃないか。狩猟者はいやでも高齢化していて、じきにいなくなる。君らのような若手が、そのあとを継いで、しっかりした意識でやっていけばいいと思う」

滝沢はゆっくりと顔を上げた。

野呂川の対岸、吊橋の向こうから、さかんに工事の音が聞こえてくる。

彼が管理している広河原山荘も長年の間に老朽化が進み、川の反対側に新しく建てられることになった。一年後のシーズンから、そこでの営業が始まるはずだ。

進藤もそれを見ていた。傍らでリキも顔を上げている。

世代は変わってゆく。いやでも。

「いい山小屋になりそうだな」

進藤にそういわれ、滝沢はまた頷いた。


白根総合病院の屋上に、車椅子に座った江草恭男のパジャマ姿があった。

星野夏実が隣に立っている。

ベージュの薄手のセーターにジーンズ。非番の日だから私服だ。

六月下旬。明日からはまた白根御池の警備派出所勤務である。

高い金網越しに、南アルプスが蒼茫《そうぼう》と稜線を連ねているのが見える。

飛行機雲が長く白い一条の筋を引いて、その山々に向かってゆっくりと伸びている。

「さっきのリハビリ、拝見してました。ずいぶんしっかりと歩けるようになりましたね」

するとと江草が夏実を見上げ、髭面《ひげづら》を歪めて笑う。

「スタッフにいわせると、まだまだだそうですよ。サボっているつもりはないんですが、横着な性格が出て、つい近道をしようとするんでしょうね」

いつもの穏やかな口調。

夏実は江草のそんなキャラクターが大好きだ。

「今回もたいへんだったようですね。とりわけ星野さんにおいては、いろいろと心情的に苦労されたようですし。そのこと、みんなからいろいろ聞かされましたよ」

「いいえ。たんにやきもきしてただけですから」

そういって少し恥ずかしげに夏実が笑う。

「その……二頭と仔ザルはつつがなく暮らしてますか」

「ええ」

きっぱりといった。

その報告を先日、ジェーン・チャオ博士からメールで受け取ったばかりだった。

白猩猩のツガイ、〈オーガスト〉と〈エイプリル〉。そして〈フェブラリィ〉と名付けられた牝の子供は今、スイス東部、グラウビュンデン州にあるサン・モリッツ大学の研究施設で暮らしている。

ここはジェーン・チャオがかつて教鞭《きょうべん》を執《と》っていたイギリスのセント・クロムウェル大学の姉妹校で、哺乳類全般の研究に関して優れた実績を持つといわれていた。稀少種である白猩猩を迎えるにあたって、今回は特別に管理施設が造られたらしい。

それが実現したのは、ＹｏｕＴｕｂｅに投稿された動画がきっかけであった。

チャンネル名〈ガラダマｃｈ〉。

北岳近くの稜線でウェブカメラで撮影された〝雪男〟の正体は、チベットの山岳地帯に棲息《せいそく》していた幻の類人猿だった。中国からロシアに密輸される途中、空路を外れて墜落し、運良く生存していた牡と牝のツガイがそれである。

しかも二頭の間には、生まれたばかりの仔がいた。

ライブ動画として、それがネット上に投稿されるや、たちまち大反響となった。国内におけるＹｏｕＴｕｂｅｒの投稿としては、再生回数がだんぜんトップにのし上がった。また、ＳＮＳなどでも頻繁《ひんぱん》に取り上げられ、海外でもさかんに紹介された。

何しろ幻の〝雪男〟が、日本の南アルプスで発見された。ヤラセでも作りでもなく、まぎれもないリアルな生物が、動画で映し出されていたのである。

こうなればロシアも中国も、ことを隠しおおせるはずもなく、内外、各界の学者や識者たちが、その存在を認め、保護についての議論を交わすこととなった。そうしてもっとも利害関係に縁遠かったスイスの大学の研究施設が、かれらツガイと仔を預かり、厳重な管理の下で飼育することになったのだった。

それがきっかけで、チベットにある白猩猩の保護施設における諸問題——さまざまな実態が白日の下にさらされ、各国の研究者たちが視察に入るなど、状況が大きく変わっていったようだ。

「YouTubeの投稿者は、一躍スターというわけですね」

江草がいうと、夏実が思わず苦笑した。

「それがねえ……」

少し迷ってから、こういった。「きっぱりやめたそうです」

意外な顔で江草が振り向く。

「人気者になったはいいけど、連日連夜の取材攻勢でヘトヘトに疲れてしまったようです。だから、もうYouTubeのチャンネルは閉鎖したって」

実はその余波が山岳救助隊のほうにも来ていて、しばらくマスコミからの取材がひっきりなしだった。事件から四カ月が経過した今になって、ようやくほとぼりが冷めたという感じだった。

少し前、安西から入った連絡によると、あのYouTuber——芝山宏太は今、リクルートスーツに身を包み、就活にいそしんでいるということだった。

「つまり、夢が現実に取って代わったということでしょうか」

江草がいうので、夏実が肩をすぼめて笑った。

「だけど本人は頂点を極めて満足だったそうですよ」

「人生、山あり谷あり、麓ありですね。頂上を踏んだら、あとはいやでも下山しなければなりません」

「下山の思想、ですね」

夏実の言葉に、江草が頷く。

「実はね、私もこれをきっかけに、ボチボチ引退するかなどと考えてました」

「ハコ長がそんな弱気でどうするんです。みんなで快気祝いをどうしようかって考えてるところです」

「それはまいったな」

江草は苦笑いを浮かべ、頭を掻いた。

「復職されたら、いくらお独りで忙しくても、偏食なんかせずに、しっかりお野菜を摂《と》ってくださいね」

「なんだか娘に叱られてるみたいです」

夏実がクスッと笑う。

「だってハコ長は、みんなの〝お父さん〟ですから」

江草がかすかに肩を揺らした。

それからふたりして、ずっと彼方にある南アルプスの青い山嶺を眺めた。

まだ、少し雪が残った北岳の頂稜が、そこにあった。

南アルプス山岳救助隊K－9シリーズ

天空の犬　2012・8　徳間書店
　　　　　2013・11　徳間文庫
ハルカの空　2014・4　徳間書店
　　　　　2015・9　徳間文庫
ブロッケンの悪魔　2016・2　角川春樹事務所
　　　　　2017・7　ハルキ文庫
火竜の山　2016・10　新潮社
　　　　　2018・10　新潮文庫（『炎の岳』に改題）
レスキュードッグ・ストーリーズ　2017・4　山と溪谷社
　　　　　2018・11　ヤマケイ文庫
白い標的　2017・6　角川春樹事務所
　　　　　2019・1　ハルキ文庫
クリムゾンの疾走　2018・1　徳間文庫（文庫書下し）
逃亡山脈　2019・5　徳間文庫（文庫書下し）
風の渓　2020・11　徳間文庫（文庫書下し）
異形の山　※本書　2021・9　徳間文庫（文庫書下し）

この作品は徳間文庫のために書下されました。
なお本作品はフィクションであり実在の個人・団体などとは一切関係がありません。

徳間文庫

南アルプス山岳救助隊K-9

異形《いぎょう》の山《やま》

2021年9月15日 初刷
2022年8月31日 2刷

著者 樋《ひ》口《ぐち》明《あき》雄《お》
発行者 小宮英行
発行所 株式会社 徳間書店
東京都品川区上大崎三−一−一 〒141−8202
目黒セントラルスクエア
電話 編集〇三(五四〇三)四三四九
販売〇四九(二九三)五五二一
振替 〇〇一四〇−〇−四四三九二
印刷 製本 大日本印刷株式会社

ISBN978-4-19-894661-6 (乱丁、落丁本はお取りかえいたします)

徳間文庫の好評既刊

樋口明雄
南アルプス山岳救助隊K-9
クリムゾンの疾走

　シェパードばかりを狙った飼い犬の連続誘拐殺害事件が都内で発生していた。上京中だった山梨県警南アルプス署の神崎静奈の愛犬バロンも連れ去られてしまう。「相棒を絶対に取り戻す！」激しいカーチェイス。暗躍する公安の影。事件の裏には驚愕の真実が！

樋口明雄
南アルプス山岳救助隊K-9
逃亡山脈

書下し
　阿佐ヶ谷署の大柴刑事は、南アルプス署に拘留中の窃盗被疑者の移送を命じられた。担当の東原刑事から被疑者を引き取った帰路、大型トラックに追突された。南アルプス署に電話をすると、東原という名の刑事はいないという。静奈は現場に急行するが……。

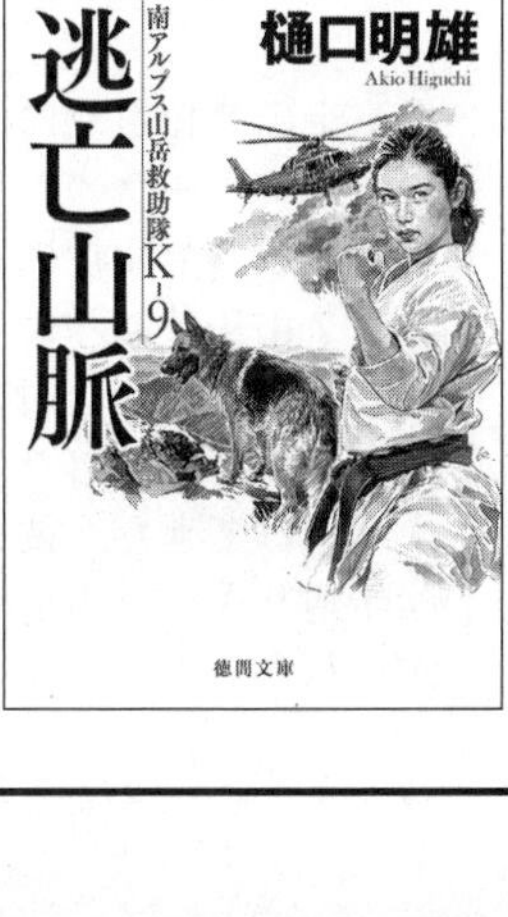